R & L

Andrea Schacht

Die Katze und der Weihnachtsengel

Rütten & Loening
Berlin

1.
Der Anfang vom Ende

Pippin starrte mit seinen großen grünen Augen sehnsuchtsvoll in das Grau und Braun des winterlichen Gartens vor dem Fenster. Welche Verlockungen warteten dort auf einen strammen, schwarzen Kater! Andererseits mußte er zugeben, daß, wenn er sich seinen Bauch mit der rosigen Zunge bürstete, von stramm so recht nicht die Rede sein konnte. Pummelig war die passendere Beschreibung. Wenn er denn überhaupt mal an seinen Bauch herankam.

Heute zum Beispiel hatten ihm die Zwillinge eine hellblaue Puppenjacke angezogen. Sie hatten seine Vorderpfoten in die Ärmel gesteckt, obwohl er gefaucht und geknurrt hatte, die Jacke am Hals mit einer breiten blauen Schleife zugebunden und sogar noch über der Brust zugeschnürt. Als er wütend versucht hatte, das Wollzeug herunterzufetzen, hatten sie mit ihm gekreischt und geschimpft und ihn in die dunkle Gästetoilette eingesperrt. Wann immer sie das taten, wußte er, daß er wieder einmal etwas falsch gemacht hatte und es am besten war, sich völlig ruhig zu verhalten. Sonst gab es kein Futter.

Und Futter war so ungefähr das einzige, woran er wirklich noch Spaß hatte.

Vor anderthalb Jahren war er der kuscheligen Obhut seiner Mutter entrissen und als übermütiger Kater in jenes

Haus verschleppt worden, wo er als Spielzeug für die beiden Mädchen bestimmt war. Anfangs hatte ihm das sogar Spaß gemacht, Menschenkinder waren nicht so sehr viel anders als Katzenkinder. Vom Raufen verstanden sie allerdings nichts. Er hatte es nur zu bald gemerkt. Und daß er nicht die Gardinen hochklettern durfte, hatte er auch schmerzlich gelernt, genauso, daß er nicht die Blumentöpfe umgraben sollte und an den Sesseln nicht zu kratzen hatte. Am liebsten mochten sie es, wenn er sich schlaff machte und willenlos herumschleppen, in Puppenwagen stopfen oder in Decken wickeln ließ. Dann gab es zur Belohnung immer ein Leckerchen. Meist ein Stückchen Wurst oder Käse.

Pippin hatte nur noch eines in Erinnerung, von dem, was ihm seine Katzenmutter mitgegeben hatte: »Egal, wie schrecklich die Verhältnisse sind, in die du gerätst, mein Kleiner – versuche zu überleben. Katzen können das – Hunger, Durst, Schmerzen, Kälte, alles das läßt sich ziemlich lange aushalten.«

Weder Hunger noch Durst, noch Schmerzen oder Kälte erlitt er hier in diesem Haus, aber er hatte nach und nach seinen Stolz verloren.

Manchmal saß er auf der Fensterbank und beobachtete einen getigerten Kater, der frei und unabhängig durch die Gärten strich und oftmals laut maunzend mit einer Maus im Maul durch die Hecke schlüpfte.

Das Größte, was Pippin bisher gefangen hatte, war eine verstörte Stubenfliege.

Sie hatten ihn nicht lange eingesperrt gehalten, das taten sie nie.

»Morgen ist der erste Advent! Komm, Pippin, wir wollen Kekse backen!« hatten sie gerufen und ihn in die Küche geschleppt. Küche war im Grunde in Ordnung, doch an diesem Tag gab es keinen Schinkenzipfel oder ein Stückchen Fisch. Auf dem Tisch standen eine Schüssel mit Mehl, eine mit Eiern, eine Schachtel mit Kakao und ein Glas Honig. Die Mädchen knackten Walnüsse und boten ihm an, davon zu probieren. Er wandte sich entsetzt ab. Ja, wenn sie ihm ein Ei aufgeschlagen hätten ... Aber die Eier zerschlug die Mutter und kippte sie in die Schüssel mit Mehl. Nur von der Butter, die unbeaufsichtigt neben dem Kühlschrank stand, nahm er einen herzhaften Schlapp. Dann versuchten die Mädchen, ihn mit Schokolade zu füttern, ihn von dem Kuchenteig zu überzeugen und ihm Honig in den Bart zu schmieren.

Er wehrte sich nicht – das hatten sie ihm schon lange abgewöhnt. Er zog sich jedoch schmollend auf die Fensterbank zurück.

Der Backofen summte und strahlte Hitze aus. Süße Duftwolken füllten die Küche, und die Scheiben beschlugen vom Dunst. Pippin hatte sich hinter einem Weihnachtskaktus so unsichtbar wie möglich gemacht, um nicht noch mehr drangsaliert zu werden, und darum bemerkte die Mutter ihn auch nicht, als sie das Fenster öffnete.

Kühle, frische Luft strömte über seinen Pelz. Der Geruch feuchter Erde, modernder Blätter und harziger Baumrinden erquickte seine Nase. Verheißungsvolles Rascheln ließ seine Ohren jucken, sein Schwanz zuckte unwillkürlich vor Jagdfreude. Dort draußen gab es Mäuse, richtige, echte Mäuse, die man jagen konnte!

Es klingelte an der Tür. Plötzlich war die Küche leer. Noch nie hatte es eine solche Gelegenheit gegeben. Bisher hatten die Menschen immer sehr streng darauf geachtet, ihm keine Möglichkeit zu eröffnen, das Haus zu verlassen. Und nun ...

Die Freiheit lockte.

Es war nicht sehr tief, ein mutiger Sprung abwärts, und Pippin war seiner Gefangenschaft entronnen. Noch einen Blick warf er zurück, dann machte er sich mit dem Gebiet vertraut, das er bisher nur vom Haus aus hatte betrachten können. Ah, was für ein Gefühl, Erde unter den Pfoten zu haben, Laub, Gras, Tannennadeln, Sand ... Der Sand verlockte ihn, darin zu scharren, und sofort machte sich seine Verdauung bemerkbar. Er verrichtete sein Geschäft und vergrub es sorgsam. Dann machte er sich auf den Rundgang. Am Zaun vor den Büschen roch es nach dem getigerten Kater. Pippin ignorierte die Warnung, die da hieß: »Vorsicht, Reviergrenze!« Er wollte wissen, wie die Welt hinter den Hecken beschaffen war.

Er fand eine wilde Wiese. Zwischen dem gelben verdorrten Gras floß ein kleiner Bach, den vereinzelte Büsche säumten, und dazwischen lockten jede Menge Mauselöcher. Oder zumindest das, was Pippin dafür hielt. Er näherte sich einem Loch, forschte mit einer Pfote nach und hoffte, er könne die Bewohnerin, ähnlich wie diese Spielmäuse, welche die Kinder für ihn hatten, einfach herausangeln.

So beschäftigt war er damit, daß er den Getigerten nicht kommen hörte. Erst als das warnende Brummen hinter ihm ertönte, schrak er zusammen. Der andere Kater beschied ihn auf ungehobelte Weise, er vergreife sich an fremdem

Eigentum, und als Pippin nicht schnell genug die Pfote aus dem Mauseloch bekam, hatte er auch schon einen Tatzenhieb empfangen.

Da er durch die Puppenjacke behindert war und die Mädchen nichts vom Raufen verstanden hatten, erkannte er flugs, wie weit er seinem Gegner unterlegen war.

Pippin wurde auf das Schmählichste verprügelt und suchte sein Heil in der Flucht.

Irgendwann fand er unter einem kratzigen Gebüsch an einem steilen Hang Zuflucht und blieb schnaufend liegen. Doch schon erfüllte ihn der nächste Schrecken. Oben auf dem Hang kam irgend etwas donnernd näher. Er wäre gerne weiter geflohen, aber die dornigen Ranken hatten sich in dem blauen Jäckchen verfangen und hielten ihn unerbittlich fest.

Das Donnern wurde lauter, die Erde erbebte, Metall kreischte, ein grelles Licht erhellte kurzzeitig die Umgebung. Starr vor Angst lag Pippin auf den Boden gedrückt und erwartete sein Ende.

2.
Irdische Bäckerei

Und vergiß nicht, die Schokostreusel mitzubringen!«
»Und goldene Zuckerperlen ...«

»Und kandierte Orangen! Du weißt doch, die ißt Papa so gerne!«

»Und Kokosraspel!«

»Und denk auch an die Nougatmasse ...«

Merita hatte erst einen Ärmel ihres warmen, braunen Mantels angezogen, an dem anderen hing ihr dreijähriger Enkel mit schokoladeverschmiertem Gesicht, an den Saum klammerten sich die marmeladenklebrigen Finger seiner vierjährigen Schwester. Ihre Schwiegertochter kritzelte noch schnell etwas auf die lange Einkaufsliste, die sie Merita mit weiteren Ermahnungen in den großen Weidenkorb legte. Die alte Dame seufzte leise, machte sich von den Kindern los und schaffte es endlich, mit verrutschter Wollkappe und halb zugebundenen Schuhen aus dem Haus zu entfliehen. Erst in der Straßenbahn kam sie dazu, sich richtig anzuziehen. Nach vier Stationen straffte sie sich dann, stieg aus und besuchte die verschiedenen, hell erleuchteten Geschäfte, in denen sie die Ingredienzien für die alljährliche Weihnachtsbäckerei zusammenkaufte. Resigniert stellte sie Tüten mit gemahlenen Mandeln, Rosinen, Haselnüssen und Orangeade in den Korb, legte Päckchen mit farbiger Zuckerglasur,

Vanillestangen und Hagelzucker darauf, packte Mehl, Eier und sehr viel Butter dazu und schleppte ihre Last zur Kasse, um sich in die lange Schlange einzureihen. An diesem Samstag vor dem ersten Advent waren die Läden überfüllt, alles drängelte und hatte schlechte Laune.

Auch Merita war nicht glücklich.

Seit vier Jahren, nachdem sie in den Ruhestand gegangen war, lebte sie bei ihrem Sohn. Was eigentlich ein glückliches Arrangement hätte sein können, hatte sich zu einer rechten Belastung ausgewachsen, denn ihre Schwiegertochter legte ihr mit Freuden alle Hausarbeiten auf die Schultern und überließ es ihr auch, sich um die beiden recht wilden Kinder zu kümmern. Vor allem aber war sie der festen Überzeugung, in der Adventszeit müßten Unmengen von Keksen gebacken werden. Früher einmal hatte Merita das ganz gerne und auch mit großem Geschick getan. Ein kleines Blech knuspriger Makronen gab es vielleicht oder ein paar zarte Kipferl, doch nicht die Mengen bunter, übersüßter Plätzchen, die ihre Schwiegertochter für angemessen hielt.

»Völlig ungesund!« murmelte sie leise, als sie goldene Zuckerperlen und klebrige Schokotaler auf das Kassenband legte. »Wird nur Löcher in den Zähnen und Speck auf den Rippen geben!«

Ihr Murren ging in der Hektik des Kassierens unter.

Draußen war es trüb geworden, und ein unangenehmer Nieselregen legte sich wie ein feiner Schleier über ihren Mantel. Mit einem Ächzen hob Merita die schweren Tüten und den Korb hoch. An sich war sie eine kräftige Frau, voller Energie und Tatendrang, aber die Aussicht, tagelang in der Küche stehen zu müssen, um Teig zu kneten und zu walken, Herzen und Sterne auszustechen und im süßen Dunst am Backofen zu stehen, machte sie immer mißmutiger. Die Last der kommenden Tage drückte sie mehr nieder als das eigentliche Gewicht der Einkäufe. Weihnachtlich war ihr überhaupt nicht zumute.

Die Straßenbahn war ihr vor der Nase weggefahren, was ihre Laune auch nicht aufhellte. Die Haltestelle war schmuddelig, auf der einzigen Bank klebten Kaugummis, eine Windböe wirbelte schmutziges Papier um ihre Knöchel. Mit einer müden Geste wischte sie sich die feuchten Haare aus der Stirn und dachte an ihre Freundin Hetty. Noch letzte Woche hatte sie einen Brief von ihr erhalten. Wie glücklich Hetty war! Mit zwei weiteren Frauen hatten sie ein Haus auf dem Land bezogen, werkelten vergnügt in ihrem gemeinsamen Garten herum, besuchten zusammen Theater und Ausstellungen, hatten prallvolle Terminkalender, weil sie allerlei ehrenamtlichen Tätigkeiten nachgingen, und ließen die Hausarbeit von einer Putzfrau erledigen.

Und im Hause ihres Sohnes spielte sie, Merita, die Putzfrau! Und die Köchin! Und das Kindermädchen! Und die Bäckerin natürlich!

Die nächste Straßenbahn hielt endlich, und Merita drängelte sich hinein. Es bot ihr niemand einen Platz an. Vier Stationen balancierte sie mit Tüten und Korb irgendwie so, daß nichts herausfiel, dann stieg sie aus und ging mit schleppenden Schritten nach Hause. Dort hatte ihre Schwiegertochter inzwischen eine wild flackernde Fensterdekoration angebracht, die in allen möglichen und unmöglichen Farben aufleuchtete. Aus den Lautsprechern plärrte ein

Kinderchor lauthals etwas von den Glocken, die süßer nie klängen.

Merita riß endgültig der Geduldsfaden.

»Herr im Himmel, muß man denn Weihnachten immer mit Kitsch und Plunder feiern?« fauchte sie leise. Panische Fluchtgedanken packten sie, und mit einem dumpfen Geräusch ließ sie ihre Einkäufe auf die Treppen vor der Tür fallen, drehte sich um und eilte mit energischen Schritten die Straße hinab in Richtung Bahnhof.

Ein ICE stand eben am Gleis und, ohne nachzudenken, stieg sie ein.

3.
Himmlische Bäckerei

Widerwillig klatschte Malachi den Teig auf die Arbeitsplatte. Seine ganz unengelische Wut lag darin. Seit drei Tagen hatte man ihn hier in die Abteilung Himmlische Weihnachtsbäckerei verbannt, angeblich, weil er keinen Takt halten konnte. Dabei war sein höchster Ehrgeiz seit Anbeginn der Zeiten, in einen der renommierten Engelschöre aufgenommen zu werden. Die Harmonie habe er gestört, hieß es, die Sphärenklänge durcheinandergebracht mit seinem ewigen Fußtappen und Fingerschnippen. Er hatte aufbegehrt – und na gut, er hatte den Chorleiter einen halbtauben, räudigen Hühnerhabicht genannt, was nur in einem Punkt zutraf. Das Gefieder seiner Flügel wirkte zwar immer etwas gesträubt, wenn er sich aufregte, aber hören konnte er erstaunlich gut.

Klatsch-bum, Bum-klatsch, Klatsch-bum, Bum-klatsch, so bearbeitete Malachi den Stutenteig, und dieser Rhythmus war das, was ihn überhaupt dazu brachte, sich in der Backstube zu betätigen. Das und die Götterspeise, die er erst vor kurzem entdeckt hatte. Im Vorratsraum stand ein gut verschraubtes Glas, in dem diese durchsichtige, blau schillernde Masse verlockend leuchtete. Malachi hatte in einem unbeobachteten Moment den Deckel geöffnet und seinen Finger hineingesteckt. Vorsichtig mit der Zungenspitze hatte er daran gekostet und festgestellt, daß es ihm einen überwältigenden Genuß bescherte. Es war eine Speise für Götter, fürwahr. Unbeschreiblich der Geschmack, sich immer wieder wandelnd, immer prickelnder, je länger man ihn im Mund behielt. Selbst als er den ersten Fingervoll schon hinuntergeschluckt hatte, blieb noch lange eine überaus köstliche Empfindung zurück.

Da sein Naschen bald aufgefallen war und er streng gerügt wurde, beließ er es zunächst dabei. Doch schon am nächsten Tag, als man ihn wieder anwies, aus der Vorratskammer Nektar und Ambrosia zu holen, konnte er nicht widerstehen und steckte noch einmal den Finger in das schillernde Gelee. Wieder wurde er hart gescholten.

Dennoch – er träumte davon, er sehnte sich nach dieser göttlichen Speise. Er stellte sich vor, wie er mit einem Löffel Happen um Happen dieser Köstlichkeit zu sich nahm. Mannhaft unterdrückte er jedoch das Verlangen danach. Diese Speise war nicht für ihn bestimmt.

Am nächsten Abend aber passierte es. Auf den Wolken hatte sich der rotgoldene Widerschein der Backöfen gelegt, die wie ein Feuerbrand glühten. Doch auch im Himmel gab es die Versuchung, und sie schlich sich an den naschhaften Engel heran. Malachi schlüpfte noch einmal in die Vorratskammer und schraubte vorsichtig den Deckel von dem kostbaren Glas ab. Ein Zeigefinger tauchte in die köstliche Nahrung, einmal nur, und der wundervolle Geschmack füllte seinen Gaumen.

»Malachi!«

Zornschnaubend fuhr ihn der Oberbäcker-Engel an und zerrte ihn am Ohr aus der Vorratskammer. Malachi hatte vor Schreck das Glas mit der Götterspeise an sich gedrückt. Er ließ es jedoch fallen, als ihn die gewaltigste aller Ohrfeigen traf, die je einem Engel zuteil werden sollte. Er verlor den Halt, stolperte über einen Wolkenfetzen und stürzte kopfüber aus dem Himmel.

Flatternd und zappelnd versuchte er, in eine flugtaugliche Lage zu kommen, aber der Schlag hatte ihn so wirr im Kopf gemacht, daß es ihm einfach nicht gelang, das Gleichgewicht zu halten. Trudelnd und sich überschlagend näherte er sich dem Erdboden. Kurz vor seinem Aufprall streifte er mit den Flügeln die Stromleitung über den Gleisen der Bahnlinie. Funken stoben auf, und der ICE, der diese Stelle soeben passierte, blieb mit kreischenden Rädern stehen. Es roch ein wenig nach verbrannten Federn, als der verdutzte Engel mit einem Purzelbaum die Böschung hinunterrollte und in einer flachen Grasmulde landete.

Über ihm kreischte noch immer Metall auf Metall.

Neben ihm kreischte ein schwarzes Geschöpf mit glühenden Augen, das geradewegs aus der Hölle gekommen zu sein schien.

In blanker Panik starrte Malachi es an.

4.
Verständigungsprobleme

Merita hatte die feuchte, braune Wollkappe abgenommen, aber den Mantel anbehalten, weil sie noch immer fror. Sie fühlte sich dennoch seltsam leicht und unbeschwert und ließ es gar nicht erst zu, daß sich irgendwelche Gedanken zu ihrer überstürzten Handlung in ihrem Kopf sammelten. Statt dessen schaute sie aus dem Zugfenster und ließ die Landschaft an sich vorbeifliegen. Die Wolken hatten sich am Horizont etwas gehoben, und wie ein gewaltiger Feuerball ging die Sonne dahinter unter. Ein alter Kindervers ging ihr plötzlich durch den Kopf.

Schau mal, was ist der Himmel so rot!
Das sind die Engel, die backen das Brot,
Das sind die Engel, die backen die Stuten,
Für all die kleinen Leckerschnuten!

Sie lächelte bei dem Gedanken, ein Engel könnte ihr die Weihnachtsbäckerei abnehmen.

Dann aber überschlugen sich die Ereignisse.

Ein Blitz schien vom Himmel niederzufahren, der Waggon ruckte so kräftig, daß sie vom Sitz rutschte. Die Beleuchtung flackerte, und die Mitreisenden schrien entsetzt auf. Mit einem ohrenbetäubenden Kreischen verlangsamte der ICE seine Fahrt. Ohne sich über ihre Handlungsweise klar zu sein, stand Merita auf und rannte zur Tür, die soeben mit einem Zischen aufsprang, und weil genau in diesem Moment der Zug zum Halten kam, glitt sie ab und fiel hinaus in das Dunkel.

Merita hatte Glück, zwar landete sie hart auf dem Schotter, aber ihr dicker Mantel fing den schlimmsten Aufprall ab. Danach rollte sie über weiches Gras den Abhang hinunter und blieb leise keuchend in einer sanften Mulde liegen. Die braune Kappe kullerte hinter ihr her und blieb in einem Ast hängen.

»Herr im Himmel!« stöhnte Merita.

»Nein, nein, nur eine seiner Hilfskräfte. Und dazu auch noch in Ungnade gefallen!« sagte jemand neben ihr. Die Stimme war jung und rauh und hatte einen Unterton von Unsicherheit.

Mühsam richtete Merita sich in eine sitzende Stellung auf und sah sich verdattert um. Sie entdeckte in ihrer unmittelbaren Nähe die weißgewandte Gestalt mit den zerrauften Flügeln und blinzelte ungläubig. Dann aber fiel ihr eine passende Erklärung ein.

»Du singst bestimmt im Chor beim Krippenspiel mit?«

Mit gesenktem Kopf schüttelte Malachi den Kopf. »Da haben sie mich rausgeworfen.«

»Unsinn gemacht, was?«

Er zuckte schuldbewußt mit den Schultern.

»Na, macht doch nichts. Du wirst hingehen und dich entschuldigen. Das ist immer das Beste, mein Junge.«

»Geht nicht. Kann nicht mehr zurück.«

»Himmel, was hast du denn ausgefressen, Junge?«

»Die Götterspeise.«

Merita mußte unwillkürlich lachen. »Wer wird denn wegen ein bißchen Wackelpudding ein solches Theater machen! Komm schon, da hat nur jemand furchtbar schlechte Laune gehabt. Das legt sich wieder.«

»Sie verstehen das nicht ...«

»Nein? Ich denke aber doch.«

»Hat man Sie denn auch rausgeworfen?«

»Nein, ich bin freiwillig gegangen«, erklärte Merita mit einer gewissen Endgültigkeit.

»Hierhin?« Mit großen Augen schaute Malachi sie an.

»Na ja, hierhin bin ich eher durch Zufall geraten. Die Zugtür ging nämlich plötzlich auf.«

»Zugtür?«

»Ja, von dem ICE da oben auf den Gleisen. Das hätte eigentlich wohl nicht passieren dürfen, aber irgendwie scheint es ein Problem mit der Elektronik gegeben zu haben.«

»ICE? Elektronik? Wo, im Namen der himmlischen Heerscharen, bin ich denn hier?«

Nun war Merita denn doch erstaunt. »Ja, das hatte ich eigentlich von dir erfahren wollen. Ich habe nämlich nicht auf die Stationen geachtet.«

»Stationen? Ich dachte, ich sei in der Hölle gelandet.«

»Aber warum denn das?«

»Wegen des Dämonen.«

»Ach, Dämonen gibt es hier auch?«

Malachi nickte ernsthaft. »Einen schwarzen, mit glühenden Augen und einem blauen Wams. Er lauert da, unter dem Busch!«

Der ICE war wieder angefahren, und das Rollen und Grollen seiner Räder entfernte sich allmählich. Als es verklungen war, beugte sich Merita zu der Stelle im Gebüsch, um den schrecklichen Dämonen ausfindig zu machen. Der Junge in dem Engelsgewand schien eine arg lebhafte Phantasie zu besitzen. Oder er stand irgendwie unter Schock. Auf jeden Fall bedurfte er ihrer Hilfe, befand sie.

Ihrer Hilfe bedurfte auch der angebliche Dämon. Denn wie sich herausstellte, kauerte unter den dornigen Ästen eine vollkommen verstörte schwarze Katze, die kurioserweise ein blaues Jäckchen trug.

»Herr im Himmel!« stieß Merita noch einmal hervor. Sie zog ein paar feste Lederhandschuhe aus ihrer Manteltasche und begann, die Ranken zu entfernen, ohne sich um das Fauchen des Katers zu kümmern.

»Schon gut, mein Kleiner. Dieses dumme Jäckchen mußt du unbedingt loswerden!« murmelte sie vor sich hin. »Was für ein Dummkopf hat dir das nur angetan. Das ist doch einer Katze unwürdig.«

Sie band die Schleife auf, und Pippin hatte gleich darauf die Pfoten frei, doch er zog sich mißtrauisch tiefer in das Gebüsch zurück.

»Er will nicht wieder zurück, sagt er. Sie sollen ihn in Ruhe lassen.«

»Bitte?« Merita hatte den Jungen fast vergessen.

»Es ist kein Dämon, sondern ein Kater. Ich glaube, ich bin doch bloß auf der Erde gelandet. Ach wie beruhigend!«

»Auf der Erde sind wir hier alle gelandet. Und du meinst, der Kater ist auch ein Ausreißer?«

»Was heißt auch? Ich bin kein Ausreißer.«

»Aber ich!« Merita mußte plötzlich lächeln, und die vielen kleinen Fältchen in ihrem Gesicht vertieften sich.

Malachi erwiderte ihr Lächeln und streckte dann seine Hand zu dem Kater hin. Das verängstigte Tier erlaubte sich ein ganz vorsichtiges Schnüffeln und kam etwas näher.

»Ich habe ihm versprochen, wir würden ihn nicht zurückbringen. Das geht doch in Ordnung, oder?«

»Ich weiß nicht. Seine Leute könnten ihn schmerzlich vermissen.«

Wieder wandte sich Malachi an Pippin und übersetzte dann: »Er meint nein, seine Leute würden sich einfach ein neues Spielzeug kaufen.«

»Herr im Himmel, ein Kater ist doch kein Spielzeug.«

»Findet er auch.«

Dann kam Merita die eigenartige Form der Unterhaltung zu Bewußtsein. »Sag mal, verstehst du den Kater eigentlich?«

»Klar! Und er versteht Sie auch. Aber er sagt, Menschen haben Katzensprache nicht so gut drauf. Das können Engel besser.«

»Engel ...?«

»Na ja, ich meine, das sieht man doch, oder?«

Malachi flatterte einmal kurz mit den Flügeln und rückte den demolierten Heiligenschein zurecht, ein etwa CD-großes Goldscheibchen, das über seinem lockigen Hinterkopf schwebte.

Merita hatte früher viele Jahre als Bibliothekarin gearbeitet und unzählige Bücher gelesen. Sie hatte sich für alle Themen interessiert und sich dabei einen offenen und toleranten Geist erhalten. Sie erfreute sich durchaus auch an Märchen und phantastische Geschichten und wußte, daß es in allen Religionen die Vorstellung von überirdischen Mächten gab, von jenseitigen Welten und himmlischen Boten.

Wer war sie, das zu bezweifeln. Allerdings einem Jungen zu glauben, er sei ein Engel ... Andererseits hatte sie sich vor noch nicht einmal zwei Stunden zu einer verrückten Handlung verleiten lassen. Warum sollte sie nicht auch seine Behauptung glauben?

»Also gut, du bist ein Engel und – ach ja, du hast an der Götterspeise genascht und bist dafür aus dem Himmel geworfen worden.«

»So ungefähr. Ich heiße übrigens Malachi. Und Sie?«

»Merita.«

»Ein hübscher Name. Der Kater wird übrigens Pippin gerufen.« Malachi wies auf den Kater, der neugierig näher gekommen war.

»Hallo, Pippin!« grüßte Merita ihn und streckte ihm, wie es die gesellschaftliche Etikette im Umgang mit Katzen vorschreibt, die geschlossenen, ausgestreckten Finger entgegen, so daß er sie, sofern es ihm genehm war, beschnuppern konnte.

Der Kater streckte seine Nase vor.

»Er findet Sie in Ordnung!«

»Danke, Pippin.«

Sie kraulte ihn vorsichtig hinter den Ohren, was sich der Kater zögerlich gefallen ließ. Dann aber stand sie auf und klopfte sich Erde und Laub aus dem Mantel.

»Wir können nicht die ganze Nacht hier sitzen bleiben. Ich zumindest brauche ein warmes Zimmer und etwas zu essen.«

»Ja, hier bleiben können wir wirklich nicht, aber ich kenne mich in der Menschenwelt nicht besonders gut aus.«

»Es muß ja irgendwo Häuser geben. Woher kommst du, Pippin?«

»Sagt er nicht.«

»Uh! Na, schon gut. Wir bringen dich nicht zurück. Du kannst hierbleiben oder mit uns kommen!«

Malachi beugte sich zu dem Kater herab und schien sich in eine heftige Diskussion mit ihm zu verstricken. Pippins Barthaare begannen heftig zu zittern, seine Ohren drehten sich, und sein Schwanz peitschte hin und her. Dann erhob der Engel sich wieder und erklärte: »Er kommt mit uns. Hier ist er von einem Revierrivalen verprügelt worden, aber er läßt sich nicht einsperren, und Weihnachtskekse will er auch nicht essen.«

»Wie gut ich das verstehen kann«, entgegnete Merita.

»Ja? Sie auch nicht? Ich finde Stollenbacken blöd, echt! Ich mußte die ganze Zeit in der Backstube arbeiten, weil sie mich doch im Engelschor nicht wollten!«

»Ach, deswegen. Nun, dann wissen wir drei ja schon mal, was wir nicht wollen.«

»Pippin sagt auch, da hinter den Hecken fangen die Gärten an, und vor den Häusern ist eine Straße.«

»Gut, da gehen wir jetzt erst einmal hin.«

Pippin trottete an Malachis Seite mit ihnen, und tatsächlich befanden sie sich am Ortsrand eines kleinen Städtchens. Mutig schlug Merita eine Richtung ein, von der sie glaubte, sie könne sie zur Ortsmitte führen, und als ein Passant den Engel Malachi etwas irritiert ansah, beeilte sie sich, ihn zu fragen, wo es denn zur Kirche ginge, sie hätten gleich eine Chorprobe!

Die Auskunft, die sie erhielten, war hilfreich, denn die

Kirche befand sich am Marktplatz mitten in der Stadt. Nur Pippin machte Schwierigkeiten. Er sei so langes Laufen nicht gewöhnt, ihm täten die Pfoten weh.

»Ach ja, du bist ja bisher ein Zimmerkater gewesen. Na, dann wollen wir mal sehen, wie wir dir helfen können.«

Merita öffnete ihren Mantel und zog das große karierte Wolltuch hervor, das sie darunter trug und lud Pippin ein, es sich darin gemütlich zu machen. Er war einverstanden, die Zwillinge hatten ihn oft genug auf unbequemere Weise umhergeschleppt.

5.

Eine unerwartete Gelegenheit

Sie erreichten den angegebenen Platz, und Merita erklärte Malachi und Pippin, es handele sich bei den vielen kleinen Buden, die dort aufgebaut waren, nicht wie von ihnen angenommen, um Wohnhäuschen der Menschen, sondern um die Stände des Weihnachtsmarktes, der vermutlich am nächsten Tag beginnen würde.

»Aber wir gehen jetzt am besten in die Kirche, da fällst du am wenigsten auf, Malachi. Und ich besorge dir etwas menschlichere Kleidung.«

Der Engel grinste zustimmend und folgte ihr in das leere Gotteshaus. Pippin wurde aus dem Tuch entlassen und erklärte sich bereit, in der Nähe zu bleiben.

»Wenn du umgezogen bist, suche ich uns ein Hotel, und dann sehen wir zu, daß wir etwas zu essen bekommen«, schlug Merita vor, als sie anhand des karierten Tuchs, das sie als Maßband benutzte, Malachis Größe und Umfang einigermaßen festgestellt hatte. Pippins Augen leuchteten bei der Erwähnung von Essen auf, und mit einem wissenden Lächeln fragte sie den Kater: »Und, was ißt du besonders gerne?«

»Er sagt, er mag Knusperbissen mit Fisch sehr.«

»Nun, wir werden sehen.«

Merita suchte einen Geldautomaten auf, hob eine große

Summe Bargeld von ihrem Konto ab und erledigte dann einige wesentliche Einkäufe, zu denen ein paar Jeans und ein Kapuzen-Sweatshirt gehörten, aber auch ein Nachthemd für sie selbst. Als sie die Zahnbürsten einpackte, fragte sie sich kurz, ob Engel sich wirklich die Zähne putzen mußten. Darüber wurde ihr ihre absurde Situation erst recht bewußt, und leider entwischte ihr ein ziemlich albernes Kichern, was die Kassiererin mit einem strengen Blick mißbilligte. Die Frau hielt sie offensichtlich für eine etwas abgedrehte alte Schachtel, aber das machte Merita, die ihre neue Freiheit genoß, überhaupt nichts aus.

Ihre beiden Begleiter waren noch an Ort und Stelle, und Pippin hatte, wie Malachi berichtete, die Witterung einer armen Kirchenmaus aufgenommen. »Er ist allerdings nicht gut im Mausen, der Ärmste. Er hat es nie gelernt. Anscheinend hatten seine Leute nur Stoffmäuse zum Spielen. Er denkt immer, die echten würden einfach sitzen bleiben und sich von ihm fressen lassen.«

»Darum kümmern wir uns später. Zieh die Sachen mal an, Malachi!«

Geflissentlich drehte Merita sich um, während der Engel sich in einen Menschen verwandelte.

»Gut so?« fragte er.

»Enger kannst du wohl die Flügel nicht zusammenfalten?«

»Nee, ist so schon ziemlich unangenehm.«

»Na ja, dann bist eben ein etwas verwachsener junger Mann. Sag mal, wie alt bist du eigentlich?«

»Och, so genau weiß ich das nicht. Vielleicht dreizehn oder vierzehn Äonen.«

»Äh… Äonen. Nun, hier wirst du für dreizehn oder vierzehn Jahre gut durchgehen. Und wir werden dich als meinen Enkel ausgeben, einverstanden?«

»Ist recht!«

»Du kannst mich Großmutter nennen, aber bitte nicht Oma!«

»Mache ich gerne. Du bist sehr resolut, Großmutter.«

Merita hob die Schultern. »Man tut, was man muß!«

»Ich hatte mir die Menschen anders vorgestellt.«

»Ach ja? Und wie?«

»Sündiger! Und hilfloser.«

»Keine Sorge, mein Junge, das wirst du auch noch kennenlernen. Jetzt gehen wir in den Gasthof, der sich ›Zum Engel am Markt‹ nennt, der hat mir, als ich eben daran vorbeiging, einen recht manierlichen Eindruck gemacht. Pippin, komm bitte wieder in das Tuch. Ob sie Katzen aufnehmen, bezweifle ich, also müssen wir dich einschmuggeln. Und Malachi, da hast du auch schon die erste sündige Handlung meinerseits.«

»Einer Katze zu helfen ist keine Sünde, meint Pippin.«

Zufrieden nickte Merita, und sie machten sich auf den Weg.

Die Wirtin war liebenswürdig und bot ihnen zwei nebeneinander liegende Zimmer an, deren Fenster auf den Markt wiesen. Da stand Merita eine halbe Stunde später und betrachtete die geschäftige, beleuchtete Szenerie. Offensichtlich legten die Budenbesitzer letzte Hand an ihre Stände, damit sie am nächsten Vormittag pünktlich öffnen konnten. Lichterketten wurden montiert, Tannenzweige aufgesteckt, Kabel unter Schutzplanen gelegt, Vorräte gestapelt und Waren eingeräumt.

»Pippin sagt, er muß mal! Und wie das mit dem Essen

wäre?« Malachi stellte sich neben Merita und schaute auch auf den Marktplatz. »Kann ich dir irgendwie helfen?«

»Im Augenblick nicht. Ich werde noch einmal einkaufen gehen müssen. Ein Katzenklo und einen Korb und etwas Futter für ihn.«

»Pippin sagt, er könne auch im Garten ...«

»Na gut, dann begleite du ihn in den Garten, und ich besorge das Futter.«

Merita verließ den Gasthof und schaute sich etwas unschlüssig um. Ein Tiergeschäft war ihr bisher noch nicht aufgefallen, aber an einer der Hütten standen drei Männer und zwei Frauen in eine Unterhaltung vertieft, und auf die Gruppe ging sie entschlossen zu, um sie um Hilfe zu fragen.

»Ach ja, es gibt den Zoo-Maier, aber ich sage Ihnen gleich, der ist teurer als eine Apotheke!« meinte eine der Frauen.

»Ich brauche nicht viel. Nächste Woche werde ich bestimmt einen Supermarkt finden!«

»Sind Sie neu hier?«

»Zu Besuch, einige Tage. Mit meinem Enkel und seinem Kater. Er wollte sich nicht von ihm trennen.«

»Hab' ich Sie doch vorhin aus der Kirche kommen sehen. Der Junge ... er ist ...«

»Ja, leider, ein schlimmer Unfall. Er wird demnächst weiterbehandelt. Jetzt erholt er sich erst mal ein wenig.«

Eine angeregte Plauderei entwickelte sich, bei der Merita nach Herzenslust flunkerte, um ihrem angeblichen Enkel eine glaubhafte Biographie zu verschaffen. Um nicht zuviel von sich selbst preiszugeben, fragte sie auch nach dem Weihnachtsmarkt, denn ihre Gesprächspartner gehörten offensichtlich zu dessen Organisationsteam.

»Dieses Jahr läuft es gut. Nur hier der Stand wird leider unbesetzt bleiben. Unsere Betty hat sich gestern das Bein gebrochen und kann das Backen nicht übernehmen. Dabei waren ihre Plätzchen immer ein großer Erfolg!«

Einen Moment lang starrte Merita versonnen auf das hübsche Bretterhäuschen. Sollte das ein Wink des Schicksals sein? Sicher, sie hatte ihre Kreditkarte dabei und auch ausreichend Geld auf dem Konto – aber man würde sie bestimmt schnell genug ausfindig machen, falls sie die Karte weiterbenutzte. Wenn sie ihre Freiheit behalten wollte, würde sie irgendwie Geld verdienen müssen.

Die eine Frau folgte ihrem Blick und fragte zögernd: »Sagen Sie ... Können Sie womöglich backen?«

Ein feines Lächeln kräuselte sich um Meritas Lippen. »Doch, ja, das kann ich zufällig.«

»Ich weiß, Sie wollten Urlaub hier machen, aber wenn Sie wenigstens zwei, drei halbe Tage ... Sie brauchen keine Standgebühr zu zahlen, und die Zutaten sind auch schon da.«

So kam es, daß Merita mit dem Engel Malachi und dem Kater Pippin am nächsten Vormittag in dem Büdchen Einzug hielt und die Ausstattung musterte. Ein moderner Backofen wartete auf sie, ein Sack Mehl stand da, in dem Kühlschrank stapelten sich Butterpakete und Eierkartons, aber vor allem gab es in den Regalen bunte Zuckerperlen, farbige Glasur, klebrige kandierte Früchte und massenweise Puderzucker.

»Herr im Himmel«, schnaubte Merita angesichts der vielen Süßigkeiten empört.

6.
Himmlisches Desaster

Auch der Herr im Himmel schnaubte empört.

»Du sagst, er ist über einen Wolkenzipfel gestolpert und nach unten gestürzt?« fuhr er den Oberbäcker-Engel an, dessen Flügel vor Angst zitterten und dabei kleine Wolken von Mehlstaub verbreitete.

»Er hat sich vergangen, Herr!«

»Und deswegen ist er gestolpert?«

Der Oberbäcker-Engel wand sich. Er wußte, der Herr im Himmel hieß Ohrfeigen nicht besonders gut. In diesen Heiligen Hallen kannte man diese Bestrafung nicht. Er hätte Malachi durch Ermahnung und Liebe zur Pflicht führen müssen. Ihm kam jedoch von unverhoffter Seite Hilfe, denn auch der Chorleiter beklagte sich: »Herr, der Engelbengel war beständig aufsässig. Und sein Verhalten ist ein Greuel.«

»Und deswegen ist er gestolpert?«

Die Stimme des Herrn wurde ein wenig lauter, und das Flammenschwert des Erzengels Michael, der nahe dem Thron stand, begann bedrohlich zu flackern.

Der Oberbäcker-Engel druckste, schluckte trocken, und ein Hauch Puderzucker umwallte seine Flügel. »Herr, er hat von der Götterspeise genascht.«

»Und deswegen ist er gestolpert?«

Die Stimme des Herrn erhob sich zu einem Donnern, und ein zischender Blitz fuhr aus Michaels Schwert.

»Ich … ich habe ihn ermahnt. Ich habe ihn zweimal ermahnt.«

»Und deswegen ist er gestolpert?«

Das Himmelsgewölbe erbebte

»Und ihm beim dritten Mal eine Ohrfeige gegeben!« bekannte der Oberbäcker-Engel kleinlaut.

»Und deswegen ist er gestolpert?«

»Ja!« kam die geflüsterte Antwort.

Der Engelschorleiter war mutig genug hinzuzufügen: »Er hat es herausgefordert, der Lauseengel. Er ist widerspenstig. Stellt Euch vor, Herr, er hat mich – mich den Schöpfer der Sphärenklänge, den Dirigenten der himmlischen Chöre, den Ausbilder lieblichster Engelstimmen – einen halbtauben, räudigen Hühnerhabicht genannt!«

»Ach!« sagte der Herr und musterte die aufgeplusterten, struppigen Federn des aufgebrachten Engels. Der Chorleiter hielt dieser Musterung nur wenige Wimpernschläge lang stand, dann drehte er sich beleidigt um und stürmte von dannen. Der Oberbäcker-Engel folgte ihm unter Hinterlassung eines Wölkchen Backpulvers.

Nur der Erzengel Michael blieb weiterhin nahe dem Thron stehen, aber bedauerlicherweise zitterte das Flammenschwert in seiner Hand, weshalb im Himmel lauter Lichterscheinungen tanzten und auf Erden das Nordlicht flackerte.

»Räudiger Hühnerhabicht!« prustete der Herr, und Michael gluckste. »Weißt du was, Michael, mir gehen das süßliche Sphärengeklingel und das eintönige Frohlocken auch manchmal auf die Nerven. Die Engelschöre könnten mal frischen Wind gebrauchen!«

»Wohl wahr!« Der Erzengel hatte seine Fassung wiedergewonnen. »Aber zunächst müßten wir uns wohl um Malachi kümmern.«

»Du mußt das tun, Michael. Ich habe andere Aufgaben hier oben. Schließlich steht der Geburtstag meines Sohnes an, und Maria liegt mir in den Ohren, es müsse mal wieder eine ordentliche Feier mit allen Heiligen geben.«

»Wie Ihr wünscht, Herr. Wo soll ich anfangen zu suchen? In den unteren Regionen?«

»Das will ich doch nicht hoffen. Der Kollege dort ist nicht sonderlich kooperativ, und als der Sohn der Morgenröte abgestürzt ist, hat er ihn auch nicht wieder herausgegeben.«

»Nein, Luzifer wälzt sich noch immer in dem Sündenpfuhl. Ich werde es dann erst einmal in der Welt der Sterblichen versuchen.«

»Ja, aber nimm ihre Gestalt an, sonst verursachst du nur übermäßig Aufregung. Verwende nur menschliche Methoden, und nutze nur in äußersten Notfällen deine engelischen Kräfte. Und das Flammenschwert läßt du besser auch hier oben. Ich wage gar nicht daran zu denken, wie die Menschen auf unseren gefallenen Engelbengel reagieren. Hoffentlich verursacht er keine Hysterie. Du weißt schon, wie diese Madonnenerscheinungen, als Maria sich mal nach unten verirrt hat«, grollte der Herr im Himmel.

»Ich werde sehen, daß ich ihn so schnell wie möglich aufstöbere. Am besten springe ich an der Stelle ab, wo er gestolpert ist.«

Erzengel Michael machte sich also auf den Weg zur Erde und landetet auch ziemlich genau an der Stelle, an der auch Malachi gelandet war. Nur ziemlich genau allerdings, denn er befand sich in einem Nachbarort und hatte gerade noch die Möglichkeit, hinter einer Garage zu verschwinden, bevor er in seinem himmlischen Aussehen entdeckt wurde. Hier beobachtete er eine Weile das Treiben der Welt und seufzte dann erleichtert auf. So schlecht war es wohl gar nicht, direkt neben dem Polizeirevier angekommen zu sein.

Flugs nahm er die ihm nicht ganz fremde Gestalt eines gestrengen Gesetzeshüters an.

7.
Katzenkekse

Schon wieder bunte, zuckersüße Weihnachtskekse«, stöhnte Merita. Malachi betrachtete ebenso trübselig die Backutensilien. Pippin schnüffelte an der Zuckerglasur, hob dann eine Vorderpfote und schüttelte sie, als ob er in etwas ganz besonders Ekelerregendes getreten wäre.

»Aber Geld verdienen müssen wir, meine Lieben, da beißt keine Maus den Faden ab!«

»Pippin sagt, wir sollten Mausekekse backen.«

»Dann soll er Mäuse fangen!« murrte Merita und gab Mehl in die Rührschüssel. »Auf jeden Fall werde ich keine kitschig bunten Plätzchen backen, sondern Honigkuchen. Malachi, geh mal über den Markt und schau, ob jemand Blüten- oder Tannenhonig anbietet. Und du weißt ja, du bist mein Enkel, der wegen eines Unfalls nicht zur Schule gehen kann und auf weitere Behandlungen wartet.«

Malachi wollte loseilen, doch Merita hielt ihm am Arm fest.

»Warte, du mußt Geld mitnehmen. Du kannst nicht so einfach etwas nehmen, wir Menschen müssen für alles bezahlen.«

»Ja, das sagt man im Himmel auch immer – ich meine, daß die Menschen für alles bezahlen müssen. Und dafür ist das Geld gut?«

»Ja, auf Erden, mein Junge. Alles kann man damit zwar auch nicht kaufen – aber eine Menge. Laß dich nicht übers Ohr hauen, und zieh die Kapuze über den Heiligenschein!«

Am vergangenen Abend hatte Malachi vergeblich versucht, dieses leuchtende Scheibchen loszuwerden; es besaß jedoch die fatale Eigenschaft, gleichgültig, wie weit er es von sich warf, wieder zu seinem Hinterkopf zurückzukehren. Schließlich mußten sie sich damit abfinden, und Merita hatte es von dem Schmutz gereinigt, der sich nach dem Sturz aus dem Himmel dort abgesetzt hatte und es schließlich mit einem Handtuch aufpoliert. Nun glänzte der Heiligenschein zwar wieder golden wie die Locken des Engels, aber dafür eine Erklärung zu finden, überforderte sie alle drei.

»Pippin möchte auch über den Markt gehen!« bat Malachi, bevor er die Hütte verließ.

Merita nickte. »Kann er gerne machen, doch er soll sich vorsehen.«

Die beiden zogen von dannen, jeder in eine andere Richtung, und Merita begann Teig zu kneten. Dabei beobachtete sie ihre Umgebung. Nebenan öffnete ein weiterer Stand, ein dunkelhäutiger Mann ordnete afrikanische Holzmasken, Webwaren und Trommeln auf der Ausstellungsfläche und rund um die Hütte an. Liebenswürdig begrüßte er Merita und stellte sich als Ahmet vor. In der Hütte gegenüber wurden Tee und Gewürze angeboten, und ihr Duft vermischte sich mit dem Aroma des Glühweins, das von ferne durch die kalte Morgenluft zog. Ein Korbflechter begann mit seiner Arbeit, ein Holzschnitzer ließ die Späne fliegen, die ersten Crêpe fanden ihren Abnehmer, und die Klänge eines

Weihnachtsliedes, auf einer Drehorgel gespielt, waren leise zu hören.

Der würzige Geruch aber war es, der Merita das Rezept von Gewürzkuchen in den Kopf zurückrief. Gewürzkuchen war allemal besser als zuckersüße Butterplätzchen. Sie besuchte die Händlerin gegenüber und war bald in Fachsimpelei über Nelken und Zimt, Kardamom und Piment, Sternanis und Ingwer verwickelt. Etwas zufriedener kehrte sie an ihre Arbeit zurück und wies Malachi an, der mit einer schönen Ausbeute an Honig, direkt vom Imker, zurückgekehrt war, eine zweite Portion Teig zu kneten. Der Engel maulte zwar ein wenig, dann jedoch ging ihm mit einem fröhlichen Klatsch-bum, Bum-klatsch, Klatsch-bum, Bum-klatsch die Arbeit leicht von der Hand.

Die ersten Bleche mit Gebäck verbreiteten schon ihren Duft und lockten einige Kunden an, die neugierig an Probehäppchen knabberten, als sich Pippin in die Hütte schlich. Malachi bemerkte ihn zuerst.

»He, was hast du denn da mitgebracht!«

»Mmfisch ...«, mummelte der Kater vollmundig und ließ den Bratfisch in eine leere Rührschüssel fallen. »Ist köstlich!« artikulierte er dann etwas deutlicher und leckte sich ausgiebig die Lippen. »Verdammt viel leckerer als das süße Zeug. Die Frau hätte besser eine Fischbratküche aufgemacht!«

»Geschenkt hat dir den Fisch doch keiner, oder?« Streng sah Malachi den schwarzen Kater an.

»Nein, eigentlich nicht. Der lag da so rum ...«

»Ich bin wegen weniger großen Vergehen aus dem Himmel geflogen!«

Pippin hatte den Anstand, verlegen mit den Pfoten zu treteln.

»Aber verstehen kann ich dich ja«, murmelte der Engel leise. »Ich mag diese Weihnachtsbäckerei auch nicht!«

»Könntest du nicht … so einen Keks mit Fischgeschmack backen. Das wäre doch etwas.« Der Kater bekam leuchtende Augen. »So ganz frisch und knusprig! Vielleicht mit einem Hauch Katzenminze gewürzt?«

»O ja!« meinte Malachi und spähte zu Merita hinüber, die gerade einer Kundin einen Beutel Honigkuchen verkaufte.

Dann nahm er den Fisch, streute etwas Mehl darüber, schlug zwei Eier auf und gab eine Prise Salz dazu. Er begann, den Teig zu kneten. »Katzenminze habe ich nicht, ich glaube, die wächst im Moment hier auf der Erde auch nicht.«

»Was ist mit Baldrian?« fragte Pippin.

»Magst du denn Baldrian?«

»Da könnte ich mich drin wälzen!«

Malachi unterbrach seine Tätigkeit und wandte sich an Merita. »Großmutter, darf ich bitte noch ein paar Gewürze kaufen? Mir ist da eine Idee gekommen.«

Er erhielt einige Münzen und erbat am Stand gegenüber getrockneten Baldrian. Die Tochter der Gewürzhändlerin, eine hübsche Dreizehnjährige, bediente ihn, und als sie ihm die Tüte reichte, zwinkerte sie ihm verstohlen zu. Malachi stutzte.

»Ich hab's gesehen, du holst das für den Kater. Er hat einen Fisch stibitzt, nicht wahr?«

»Nun ja. Er mag das Zeug.«

»Ja, Kater lieben Fisch. Sieh mal, hier habe ich noch etwas

Katzenminze, die ich selbst im Sommer für meine Mumuscha getrocknet habe. Das wird ihm auch gefallen.«

»Mag deine Mumuscha die denn nicht?«

»Sie ist vor einem Vierteljahr gestorben!«

Tränen glitzerten in den Augen des Mädchens, und Malachi mußte vor Mitgefühl schlucken. Er streichelte vorsichtig ihre Hand.

»Hast sie sehr liebgehabt?«

Stumm nickte die Kleine.

»Dann wird sie auch wieder zu dir zurückkommen.«

Sie schüttelte den Kopf. »Tot ist tot, hat Mama gesagt.«

»Nein, das ist es nicht. Die Liebe, die man gibt, kehrt immer wieder zurück. Glaub mir!«

»Woher willst du das wissen?«

Beinahe hätte sich Malachi verplappert und von den vielen kleinen Katzenseelen gesprochen, die oben im Himmel auf den goldenen Steppen nur darauf warteten, um in einem neuen Pelz zu den Sterblichen zurückzukehren. Statt dessen fragte er das Mädchen: »Wie heißt du überhaupt? Ich bin Malachi, und der Kater da drüben heißt Pippin.«

»Ich bin Svenja. Du mußt mir trotzdem sagen, woher du weißt, daß Katzen zurückkommen.«

»Ein andermal. Großmutter schaut schon ganz vorwurfsvoll. Ich muß arbeiten.«

Da auch die Gewürzhändlerin einen kritischen Blick auf die beiden geworfen hatte, entkam Malachi der schwierigen Frage und hatte etwas Zeit, über eine glaubhafte Antwort nachzudenken.

Pippin zeigte sich erfreut über die Kräutermischung und überwachte mit glänzenden Augen die Herstellung der Katzenkekse. Malachi formte aus dem Teig gleichmäßige, halbmondförmige Bissen und legte sie auf ein Backblech. Als er es in den Ofen schieben wollte, runzelte Merita kritisch die Brauen.

»Was wird das denn?«

»Ein Versuch. Pippin wollte auch Plätzchen haben. Mit Fischgeschmack!«

»Herr im Himmel, Malachi! Wir verdienen unser Geld mit Weihnachtsgebäck, nicht mit Katzenfutter!«

»Ja, ich weiß. Und Katzen haben kein Geld, um Futter zu kaufen. Geld ist schon eine komische Erfindung von euch Menschen.«

Nachdenklich schnupperte Merita in Richtung Backofen. Es roch nicht schlecht, was da so langsam braun wurde. Vor dem Stand blieb ein Hund stehen und winselte. Ein zweiter zerrte sein Herrchen in ihre Richtung.

»Nein, Katzen haben kein Geld. Hunde auch nicht. Aber deren Besitzer!« Merita grinste Malachi an. »Möglich, daß ihr beiden da gar keine so schlechte Idee hattet.«

Der Kater knusperte genießerisch die eben abgekühlten Fischplätzchen und gab beifällig schnurrende Kommentare von sich. Merita probierte auch eines und fand es etwas fade für den menschlichen Geschmack, aber über den ließ sich ja bekanntlich streiten. Ein Hund, der mit großen, hungrigen Augen und sabberndem Maul vor dem Büdchen saß, bekam auch eine Kostprobe und jaulte begeistert auf.

»Wir werden mit dem Fischhändler ein Abkommen treffen müssen«, stellte Merita fest und packte für den Hundebesitzer ein Beutelchen Fischkekse ab.

8.
Engel in Uniform

Drei Einbrüche, ein verrückt gewordenes Wildschwein im Garten, vier Ruhestörungen, ein Randalierer in der Straßenbahn, Sachbeschädigung in der Kirche, ein verwirrter Rentner am Bahnhof, zwei Taschendiebstähle, eine Gruppe aufsässiger Jugendlicher, die Mülltonnen umwerfen, ein Killerdackel, der einen Passanten angefallen hat …«

»Tja, friedliche Adventszeit, Peter. Meine Liste sieht nicht besser aus. Ein Übergriff auf einen Obdachlosen, eine entlaufene Großmutter, mehrere Kaufhausdiebstähle, ein mieser kleiner Drogendealer auf dem Schulhof, ein Schwan im Gartenteich, ein aufgebrochenes Auto – und alles das schon vor zehn Uhr morgens! Und ich wollte mit Uschi heute ins Theater!«

Die beiden Polizisten tranken ihren Kaffee aus und machten sich dann wieder über die Formulare her. Sie wirkten leicht genervt und überarbeitet, stellte Michael fest. Keine schlechte Ausgangslage.

Er klopfte an die halboffene Tür und trat ein.

»Guten Morgen allerseits!«

»Ja, bitte?«

Zwei überraschte Augenpaare sahen ihn an.

»Die oberste Behörde schickt mich, damit ich hier einspringe. Sie seien etwas überlastet, hat man uns gemeldet. Kann ich behilflich sein?«

»Sie schickt der Himmel!«

»Gelegentlich!« erwiderte Michael lächelnd. »Nun, meine Spezialität sind verwirrte und obdachlose Personen. Ich kann aber auch mit Jugendlichen ganz gut umgehen.«

»Wie steht es mit Großmüttern?«

»Wenn nötig auch.«

»Da müßte unbedingt jemand rausfahren. Hier ist die Adresse. Die vierundsechzigjährige Mutter des Anrufers ist am Samstag nicht nach Hause gekommen. Die Umstände ihres Verschwindens klingen ein wenig seltsam. Da, lesen Sie, und trinken Sie erst einmal einen Kaffee!«

Die beiden Polizisten stellten sich vor, und der Neuankömmling behauptete, er hieße Michael Engel, was beinahe stimmte. Er nahm sich Meritas Akte, aber daneben fiel sein Blick auch auf die aufgeschlagene Zeitung. Ein Artikel handelte von einer Störung im Bahnverkehr. Ein ICE war durch einen unerwarteten Blitzeinschlag zum Stehen gebracht worden. Diese Meldung erregte Michaels Aufmerksamkeit nicht unerheblich, und er bat sich das Blatt aus.

Anschließend machte er sich auf den Weg zu Meritas Familie.

Etwas irritiert stand Michael später vor dem Haus, dessen Adresse man ihm gegeben hatte. Meterlange Lichterketten um Tür und Fenster zuckten, flimmerten und pulsierten in allen Farben des Regenbogens. Ihr tieferer Sinn wollte ihm indes nicht so recht einleuchten.

Die Schwiegertochter der vermißten älteren Dame war zu Hause und nur zu bereit, ihm ihre Sorgen anzuvertrauen.

»Stellen Sie sich vor, einfach die Taschen mit den Zutaten für die Weihnachtsbäckerei vor die Tür zu stellen und dann spurlos zu verschwinden. Mich hier einfach mit den beiden Kindern und dem ganzen Haushalt sitzenzulassen. Und das in der Adventszeit!«

Michael wollte es erscheinen, als sei die Frau eher empört als besorgt, aber er machte sich eifrig Notizen. Er ließ sich ein Foto zeigen und die Vermißte beschreiben.

»Könnte sie zu anderen Verwandten gefahren sein?« fragte er dann vorsichtig nach.

»Sie hat keine anderen Verwandten. Wir sind schließlich ihre Familie!« Die Frau zeigte sich äußerst ungehalten, fast, als hätte er sie persönlich angegriffen.

»Oder vielleicht zu Freunden oder Bekannten?«

»Sie hat kaum Bekannte, höchstens diese verschrobenen Alten, die in so einer Senioren-WG zusammenhausen.«

»Einer Senioren-WG?«

»Einer Wohngemeinschaft. Irgendwelche drei alte Zausel, die sich zusammen ein Haus gemietet haben und sich gegenseitig auf den Geist gehen. Sie hat manchmal Briefe von ihnen bekommen.«

»Haben Sie dort schon mal angerufen?« wollte Michael wissen, aber die Frau schüttelte den Kopf. »Die Nummer habe ich nicht.«

»Die Adresse vielleicht?«

»Weiß nicht.«

»Haben Sie in dem Zimmer Ihrer Schwiegermutter nachgesehen? Es könnte dort ein Adreßbuch oder ein Brief liegen.«

Einigermaßen unwillig ging die Frau zusammen mit Michael die Treppe hoch und öffnete ihm die Tür zu dem kleinen Appartement, das Merita bewohnte. Es wirkte sehr viel aufgeräumter und ordentlicher als der Rest des Hauses und war mit einigen sehr hübschen Möbeln eingerichtet. Eine Wand bedeckten vollständig überfüllte Bücherborde.

»Eine eifrige Leserin, will mir scheinen?«

»Sie war Bibliothekarin. Selbst hier hatte sie immer die Nase in einem Buch. Na ja, wem es gefällt!«

Offensichtlich hatte die Hausfrau keine Neigung zur Literatur.

»Wirkte Ihre Schwiegermutter übrigens hin und wieder verwirrt oder geistesabwesend?« wollte Michael dann wissen.

»Das kann man wohl sagen! Wenn sie sich in ein Buch vertieft hat, dann konnte sie auch eine einschlagende Bombe nicht aus ihrer Versunkenheit holen!« lautete die unwirsche Antwort.

»Und wenn sie nicht las?«

»Hatte sie oft genug verschrobene Ideen. Vor allem, was die Erziehung meiner Kinder anging.«

Aus dieser Antwort schloß Michael, daß er hier einen andauernden Streitpunkt berührt hatte. Er beließ es dabei und sah sich weiter um.

Auf dem Nachttisch fand sich ein aufgeschlitzter Briefumschlag, und er bat die Dame des Hauses, nach dem Absender zu schauen.

»Ach ja, tatsächlich. Das ist eine von den alten schrägen Vögeln. Lesen Sie nur, Herr Wachtmeister!«

Michael überflog das Schreiben, das mit einem PC erstellt worden war und von mannigfaltigen Tätigkeiten berichtete, denen die drei Damen nachgingen. Es endete mit einer herzlichen Einladung, Merita möge jederzeit auf einen Besuch vorbeikommen.

»Sie ist eingeladen worden. Nun, ich notiere mir die Adresse. Und Sie rufen dort am besten sogleich an. Wahrscheinlich ist damit das Verschwinden Ihrer Schwiegermutter geklärt!«

»Wenn das stimmt, dann werde ich ihr gehörig die Meinung sagen!« Mürrisch griff die Frau zum Telefon und wählte die Nummer, die auf dem Briefkopf vermerkt war. Sie lauschte einen Moment, dann legte sie auf. »Nur der Anrufbeantworter!«

»Sie hätten eine Nachricht aufsprechen können.«

»Mache ich nicht gerne!«

»Dann schicken Sie den Damen eine E-Mail. Die Adresse steht auch hier!«

»Das kann ich nicht.«

Kopfschüttelnd ging Michael aus dem Zimmer und klappte dann sein Notizbuch zu. »Ich habe noch ein paar wichtigere Dinge zu erledigen. Nehmen Sie Kontakt mit den Freunden Ihrer Schwiegermutter auf. Wenn sie dort nicht ist, benachrichtigen Sie mich wieder.«

»Also hören Sie mal ...«

Hätte Michael sein Flammenschwert dabeigehabt, hätte es vermutlich grell aufgeflackert ob dieser Gleichgültigkeit. Er nahm sich zwar vor, nach der Vermißten zu suchen, verließ aber das Haus nur mit einem kurzen Gruß – und gerümpfter Nase, denn aus der Küche roch es streng nach angebranntem Gebäck. Er hatte vor, zunächst der für ihn weitaus wichtigeren Spur zu folgen.

Diese Spur führte ihn gut fünfzig Kilometer weiter zu der Stelle, wo der seltsame Blitz aus heiterem Himmel vor zwei Tagen den ICE zum Halten gebracht hatte. Den Streifenwagen ließ er am Straßenrand stehen und begab sich über einen schmalen Feldweg zum Bahndamm. Dort suchte er sorgfältig nach Hinweisen. Er brauchte bis fast zur Dämmerung, bis er endlich etwas fand, das ihm als Hinweis dienen konnte. In einer Grasmulde fand er ein paar angesengte weiße Federchen, in dem Brombeergestrüpp daneben allerdings seltsamerweise eine blaue Puppenjacke, ziemlich zerfetzt, einige schwarze Katzenhaare und eine braune Wollkappe. Die Federn mochten von Malachis Flügeln stammen. Daß sie angesengt waren, konnte durch den Kontakt mit der Stromleitung hervorgerufen worden sein. Durchaus möglich war es auch, daß hier ein herumstreifender Kater einen weißgefiederten Vogel erlegt hatte. Die Kappe und die Jacke konnte Michael jedoch zunächst überhaupt nicht zuordnen.

Doch zumindest dafür fand er auf dem Rückweg zu seinem Polizeiwagen eine Erklärung. Sein Weg führte ihn nämlich an den Hecken und Zäunen der Häuser vorbei, und in einem Garten kamen zwei kleine Mädchen zu ihm gelaufen. Sie waren sich so ähnlich, wie es nur Zwillinge sein können. Sie riefen und winkten ihm, und so blieb Michael in seiner Uniform stehen, um sich anzuhören, was die beiden zu sagen hatten.

»Herr Polizist, wir suchen unseren Kater Pippin. Er ist am

Samstag weggelaufen. Können Sie ihn uns nicht zurückbringen?«

Michael seufzte. Nicht nur ein entflogener Engelbengel und eine entflohene Großmutter, nein, auch noch einen entlaufenen Menschenknaben sollte er zurückbringen.

»Suchen denn eure Eltern nicht nach ihm?« wollte er als erstes wissen.

»Nö, die sagen, es gibt im Frühjahr einen neuen.«

Michael knirschte mit den Zähnen. Das Menschengeschlecht schien ja wahrhaftig an den moralischen Abgrund geraten zu sein.

»Nun, wie alt ist denn euer Pippin?«

»Anderthalb Jahre!«

Der Erzengel dankte dem Herrn im Himmel, ihm verboten zu haben, das Flammenschwert mitzunehmen. Der Zorn auf die Gleichgültigkeit der Eltern hätte die Hecke in Flammen gesetzt. So bemühte er sich, ruhig zu bleiben, und fragte: »Wie sieht denn der Pippin aus?«

»Er ist ganz schwarz!« beschied ihn das eine Mädchen.

»Und hat grüne Augen!« fügte das andere hinzu.

»Und er hat ein blaues Wolljäckchen an!«

Die Flammen der Wut erloschen.

»Sprecht ihr von eurem Kater?«

»Ja natürlich!« riefen die beiden Mädchen wie aus einem Mund.

»Habt ihr ihm zufällig eine blaue Jacke angezogen?« wollte Michael, nun etwas ruhiger, wissen.

»Wir haben mit ihm Mutter und Kind gespielt.«

»Er ist auch im Kinderwagen gefahren.«

»Und hat Leckerchen gegessen.«

»Und Fläschchen haben wir ihm gegeben.«

»Und wir haben ihn nur ganz selten ins Gästeklo gesperrt.«

»Nur wenn er gefaucht hat!«

»Er durfte auch in unserem Bett schlafen!«

»Aber nach draußen durfte er nicht.«

»Weil er dann nämlich Mäuse mit ins Haus gebracht hätte!«

»Und wer weiß was sonst noch angeschleppt hätte!«

Das war der altkluge letzte Satz, der gewiß von der Mutter abgelauscht war, vermutete Michael.

»Und dann ist er euch doch entwischt?«

»Ja, weil die dumme Mama das Küchenfenster aufgemacht hat. Aber sie sagt, es gibt bald eine neue Katze. Die vermehren sich doch wie die Karnickel.«

Michael schüttelte über diese gleichgültige Haltung verständnislos den Kopf. Den Kindern gegenüber jedoch blieb er ruhig.

»Mädchen, ein Kater braucht seine Freiheit. Ich denke, wenn er sich wohl gefühlt hat bei euch, dann wird er von alleine zurückkommen.«

»Aber wir haben ihm doch immer Futter gegeben!«

»Und wir konnten so schön mit ihm spielen.«

Michael sah die Zwillinge streng an. »Eine Katze ist kein Spielzeug. Katzen sind Persönlichkeiten, die ihren eigenen Willen haben. Nichtsdestotrotz, dort hinten am Bahndamm habe ich ein blaues, ziemlich zerrissenes Jäckchen in den Dornenranken gefunden. Ich denke, euer Kater hat sich davon befreit und streunt jetzt hier durch die Wiesen. Ruft ihn dann und wann, vor allem in der Abenddämmerung. Wenn es ihm gefällt, kommt er wieder. Wenn nicht, sucht er sich vermutlich ein Heim, in dem man ihn mehr achtet.«

Die beiden Mädchen zogen Schmollmünder und liefen, ohne sich zu bedanken oder zu verabschieden, zum Haus zurück.

»Oh!« sagte Michael vor sich hin. »Da wird Malachi zumindest eine gute Tat getan haben. Denn von alleine ist dieser Pippin nicht aus den Ranken und dem Jäckchen gekommen! Aber wohin mag der Lauseengel anschließend gegangen sein?«

Michael entschied sich, auf dem Revier seine Nachforschungen weiterzuführen. Ein Engel auf Erden hinterließ üblicherweise Spuren, und kriminalistischer Spürsinn konnte hier weiterhelfen.

9.
Pippins Erkundungen

Pippin genoß seine neue Freiheit. In der ersten Nacht war er noch im Hotelzimmer geblieben und hatte bei Merita im Bett schlafen dürfen. Er fand die alte Dame ganz in Ordnung. Zumindest drangsalierte sie ihn nicht. Sie hatte ihm erzählt, sie habe bis vor einiger Zeit fast zwanzig Jahre lang mit einem rotgetigerten Kater zusammengelebt. Nun, dieser Kater hatte sie anscheinend gut erzogen, mußte Pippin zugeben. Merita wußte, wo die richtigen Stellen zum Kraulen waren, und tat es auch mit dieser liebevollen Kraft, die viel angenehmer war, als das fluselige Streicheln, das er bisher kannte.

Am ersten Tag hatte er einen vorsichtigen Rundgang gewählt, immer ganz nahe an den Wänden der Buden entlang, um ja niemandem aufzufallen. So ganz sicher fühlte er sich trotz aller Abenteuerlust noch nicht, aber die Neugier lockte. Zunächst einmal ließ er sich von seiner Nase leiten. Die Gerüche waren so außerordentlich vielfältig. Wundervoll zum Beispiel dort, wo die Schafwollpullover verkauft wurden und diese weißen Lammfelle. Sich da hineinzukuscheln müßte sein wie damals an Mamas Bauch. Es duftete so schön nach Tier. Auch die Bienenwachskerzen rochen nicht schlecht. Der Honig hingegen war Pippin zu süßlich. Dafür fand er das Angebot des Korbflechters bemerkenswert, denn es gab dort katzengerecht geformte Körbe, in denen man sich mit rundem Rücken schön anlehnen könnte. Langweilig roch der Stand mit den Edelsteinen. Steine hatten keinen besonders bemerkenswerten Duft, aber das Aroma der Räucherstäbchen kitzelte ihm unangenehm in der Nase. Den Glühweinstand umging er im großen Bogen, dort gab es zu viele Menschen, und besonders aufmerksam schienen sie auch nicht zu sein. Zu leicht bekam da ein schwarzer Kater einen bösen Tritt ab. Dort, wo es Trockenblumengestecke gab, roch es zwar angenehm nach Heu, aber ein angeleinter Hund knurrte ihn warnend an. Im Dunkel der Erinnerung klang eine Alarmglocke durch Pippins Hirn. Vor Hunden, so hieß es da, solle man sich besser in acht nehmen. Außerdem zog ihn der Würstchengrill mehr an. Speichel sammelte sich in seinem Mäulchen und erinnerte ihn daran, außer einer sehr kleinen Dose Katzenfutter noch nichts zu sich genommen zu haben. Doch an den Grill war nicht heranzukommen. Es lag jedoch das eine oder andere Pappschälchen am Boden. Vielleicht gab es Reste? Pippin beschnüffelte ein Pappschälchen und fand das gelbe Zeug darauf grauenerregend. Senf war nichts für Katzen! Empört war er weitergeschlendert und hatte schließlich den Fischbräter gefunden, der gerade ein wenig unaufmerksam war.

Der Rest war einfach – und nun gab es Fischkekse bei Merita.

Pippin war einigermaßen stolz auf sich.

Am Abend hatte sie ihm erlaubt, die Nacht über draußen zu bleiben. Es gab einen Durchlaß zur Hütte, der gerade so groß war, daß eine Katze sich hindurchzwängen konnte. Dahinter hatte Merita ihm eine Decke hingelegt, so daß er, sollte ihn die Müdigkeit übermannen, sich zurückziehen konnte. Er hatte darauf gedöst, bis es ruhig auf dem Marktplatz wurde.

Im Dunkeln versprach der Rundgang noch viel spannender zu werden. Es lag noch kein Frost in der Luft, ja eigentlich war es sogar recht warm für Dezember, und trocken war die Nacht auch. Endlich konnte Pippin sich erlauben, auch zwischen den Buden umherzulaufen. Immer größer und größer wurden die Runden, die er um den eigenen Standort herum zog. Bis zur Kirche war er gekommen, unter parkenden Autos hindurchgeschlüpft, um Mülltonnen geschlichen, und an dem großen Tannenbaum mit den vielen Lichtern hatte er auch geschnuppert. Unter diesem Baum blieb er sitzen, als ein anderer Kater über den Platz strich. Der andere war wohlgenährt, grau getigert und schien sich ausnehmend gut auszukennen. Selbstbewußt markierte er eine Häuserecke und verschwand dann mit einem kühnen Sprung auf der Mauer des Kirchhofs. Eine Kätzin kam von der anderen Seite, schnüffelte einen Baumstamm nach irgendwelchen Nachrichten ab und zog enttäuscht weiter. Ein magerer Geselle tauchte wenig später auf und schlitzte mit geübter Kralle einen Müllsack auf, um nach Essensresten zu wühlen. Zwei noch magerere Jungkatzen machten ihm die Beute streitig. Es wurde gekreischt und gefaucht, und es setzte Tatzenhiebe und Ohrfeigen. Zum ersten Mal beobachtete Pippin einen richtigen Kampf zwischen seinen Artgenossen, und er war sowohl fasziniert als auch erschreckt.

Als der Platz wieder leer war, sprang auch er über die

Kirchhofmauer und fand hier ein hübsches Stückchen Natur. Der alte Friedhof wurde nicht mehr benutzt. Die flechtenüberzogenen Grabsteine standen schief und krumm im Gras, aber dazwischen waren Kieswege angelegt. Im Sommer würden bestimmt Büsche und Blumen blühen.

Mäuse gab es auch.

Pippin roch sie.

Er wählte ein Mauseloch – und angelte mit der Pfote nach der Bewohnerin.

»Guck mal, der Blödmann versucht, eine an den Haken zu kriegen!« spottete eine junge Stimme.

»Der hat bestimmt bisher nur mit Stoffmäusen gespielt.«

»Ja, und die sind immer so gefällig!«

»Aber sie schmecken nicht.«

»Das hat der sowieso noch nie probieren müssen. Schau dir mal die Wampe an, die der mit sich rumschleppt.«

Wie spitze Nadeln trafen diese Worte Pippin, denn leider war ihm nur zu sehr bewußt, wieviel Wahrheit in ihnen lag. Betreten und geduckt schlich er sich außer Hörweite der beiden strubbeligen Jungkater, die ihrerseits fröhlich im alten Laub nach Mäusen stöberten. Immerhin beobachtete er dabei, welche Technik sie anwendeten, und mußte zu seinem Erstaunen feststellen, wie höchst beweglich echte Mäuse waren. Sie zu fangen schien auf der einen Seite eine unsägliche Geduld und auf der anderen eine überaus schnelle Reaktion zu erfordern. Es fesselte Pippin, den beiden Katern zuzuschauen, wie sie bewegungslos lauerten und dann urplötzlich auf ihr Opfer sprangen, um es mit einem Biß oder Tatzenschlag außer Gefecht zu setzen. Mit einem gewissen Neid hörte er zu, wie sie dann schmatzend ihre Beute vertilgten. Erst als die beiden fort waren, traute er sich an einen eigenen Versuch.

Geduldig war Pippin, schnell allerdings nicht und geschickt erst recht nicht. Er übte jedoch bis in den Morgen hinein, und einmal hätte er auch fast eine Maus am Schwanz erwischt.

Aber eben nur fast.

Als die Müllabfuhr durch die Straßen klapperte, machte er sich schließlich, müde und hungrig und äußerst unzufrieden mit sich, auf den Weg zur Hütte, schlüpfte durch seinen Einlaß und rollte sich nach kurzem, nicht sehr gründlichem Putzen auf seiner Decke zusammen.

10.
Verkaufserfolge

Merita hingegen war glücklich. Bevor sie sich erneut ans Backen machte, hatte sie noch einige Einkäufe getätigt. Der braune Wollmantel blieb im Zimmer, der damenhafte Rock und die Bluse ebenfalls, sie trug nun, wie ihr Adoptivenkel, Jeans und ein Sweatshirt. So war sie für die Arbeit viel praktischer gekleidet.

Über ihre Familie hatte sie sich bisher noch nicht viele Gedanken gemacht, was völlig ungewöhnlich für sie war. Sie genoß ihre neu gewonnene Freiheit. Am Nachmittag zuvor hatte sie bei ihrem Sohn angerufen, aber nur ihre dreijährige Enkelin Sabine hatte sich am Telefon gemeldet. Quengelnd hatte die Kleine darauf bestanden, mit dem Weihnachtsmann zu sprechen, und Merita hatte all ihre Geduld darauf verwendet, ihrer Enkelin klarzumachen, daß ihre Oma die Eltern zu sprechen wünsche.

»Sin nich da!« hatte Sabine gejammert. »Will Weihnachtsmann!«

Schließlich hatte sie ihr gut eingeprägt, die Oma habe angerufen, es gehe ihr gut und sie werde sich wieder melden. Dann hatte Merita für sich beschlossen, mit dieser Auskunft ihre Pflicht getan zu haben. Ihr Leben lang hatte sie gehorcht und Rücksicht genommen und sich untergeordnet. Ihren Eltern war sie eine artige Tochter, ihren Lehrern eine ordentliche Schülerin, ihrem Mann eine rücksichtsvolle Frau, ihrer Chefin eine duldsame Mitarbeiterin und ihrer Familie eine geduldige Großmutter gewesen. Irgendwie hatte sie das Gefühl, das Maß sei nun voll, und ihr eigenes Leben habe Vorrang.

Als sie am Morgen mit frischem Tatendrang den Marktstand betrat, hatte sie keinen Gedanken mehr für ihre Familie übrig. Liebevoll streichelte sie zunächst den erschöpft auf seiner Decke schlummernden Pippin, dann machte sie sich an die Vorbereitungen für das Tagwerk. Sie hatte sich mit Malachi abgesprochen. Er sollte sich um die Katzenkekse, sie würde sich um das süße Gebäck kümmern.

Noch war wenig los auf dem Markt, nur ein paar Hausfrauen, Rentner und Schulschwänzer kamen vorbei, einige blieben auch bei Merita stehen und erhielten Probierhäppchen. Meist kauften sie anschließend ein oder zwei Beutel.

»Schade, daß man Katzen nicht an der Leine Gassi führen kann. Dann könnte man die auch mit unseren Katzenkeksen verführen!« meinte Merita, als wieder ein Hund glücklich knuspernd auf einem Fischkeks kaute.

»Ich könnte uns ein Schild mit einer Katze malen«, meinte Malachi.

»Das ist eine gute Idee.«

Malachi gestaltete mit großem Geschick ein Pappschild – alle Engel sind künstlerisch begabt – und stellte es auf. Den eigentlichen Durchbruch im Verkauf brachte aber schließlich Pippin.

Der Kater war gegen Mittag mit einem brüllenden Hunger aufgewacht und auf die Verkaufstheke gesprungen.

»Na, mein Freund! Ausgeschlafen?« fragte Merita und kratzte ihn sanft zwischen den Ohren.

Der schwarze Kater gähnte mit weit aufgerissenem rosa Mäulchen und zeigte sein mörderisches, glänzend weißes Gebiß.

»Wo's Futter bleibt, will er wissen!« übersetzte Malachi.

»Oh, verflixt ... Daran habe ich nicht gedacht. Ich glaube, ich werde alt. Es steht noch im Zimmer oben.«

»Dann hole ich es gleich!« bot sich Malachi an, aber Pippin, dessen leerer Magen knurrte, knurrte ebenfalls. Hunger war ein Gefühl, das er bisher noch nicht kennengelernt hatte und das er nicht erquicklich fand. Malachi übersetzte seine diesbezüglichen Äußerungen nicht für Merita, sondern schlug vor, ihm vorab ein Schälchen mit den frischen Katzenkeksen und eine Schüssel Sahne anzubieten.

Pippin verschlang das alles direkt auf der Verkaufstheke, und wie der Zufall es wollte, blieb gerade in diesem Moment eine Frau stehen, die selbst zwei überaus verwöhnte Katzen ihr eigen nannte.

»Das scheint ihm aber zu schmecken. Was füttern Sie da? Meine beiden Burmesen sind so mäkelig!«

Merita reagierte geschwind. »Oh, unsere eigenen Katzenkekse. Nach einem geheimen Rezept hergestellt, ganz frisch und knusprig. Nehmen Sie doch ein Beutelchen zum Probieren mit!«

Sie füllte der Dame ein Tütchen ab und schenkte es ihr.

Keine halbe Stunde später war die Kundin wieder da, erzählte mit überschwenglicher Begeisterung von dem Erfolg, den sie bei ihren beiden Lieblingen erzielt hatte, und war bereit, jeden angemessenen Preis für einen Wochenvorrat

Futterkeks zu bezahlen. Da sie zudem eine schwatzhafte Frau war, kamen den ganzen Nachmittag über weitere Interessenten vorbei, die sich für das ausgefallene Angebot interessierten.

»Herr im Himmel!« summte Merita erfreut, als sie später das Geld in der Kasse zählte.

Malachi übersetzte einen Vorschlag, den Pippin sich ausgedacht hatte. »Er meint, wir sollen auch mal Kekse mit Fleisch machen! Er kann Fisch nicht mehr riechen!«

Der Engel schob die Kapuze von der verschwitzen Stirn zurück. Er hatte unablässig Teig geknetet und Bleche in den Ofen geschoben.

»Da hat Pippin wohl recht!« stimmte Merita zu. »Ich werde für morgen mal etwas Hackfleisch besorgen. Und Hühnerfleisch, Pippin?«

»Brillante Idee, meint er!«

»Ah!«

Während sie die Mengen der Zutaten planten, bemerkten sie allerdings den Mann im grauen Mantel und mit dem grauen Gesicht nicht, der sie verstohlen von der Ecke am Gewürzstand beobachtete.

11.
Engelsgespräche

Zwei Tage später hatte sich der ehemalige Gebäckstand der Nachfrage angepaßt und vollkommen verändert. Nur noch ein kleines Eckchen war den süßen Plätzchen und Kuchen gewidmet, den größten Teil nahmen die flachen Körbe mit den unterschiedlichsten Katzenkeksen ein. Merita hatte ein wenig mit dem Teig experimentiert, Pippin hatte getestet, und Malachi hatte sich dann wohlklingende Namen ausgedacht. Sie hatten herausgefunden, daß Maismehl eine bessere Grundlage als Weizenmehl abgab, auch Reis hatte Anklang gefunden, und Schmalz paßte manchmal besser als Butter. Feingehackte Geflügelleber kam sehr gut an, aber auch Käse wurde goutiert. So gab es nun Fisch-Crisps, Gacker-Knacker, Käse-Knusper, Hack-Backer, Reis-Beißer und Speck-Krustis in unterschiedlichen Formen.

Nur Maus-Bissen waren im Sortiment nicht anzutreffen.

Obwohl Pippin Fortschritte gemacht hatte.

Überhaupt hatte Pippin sich in den fünf Tagen verändert, in denen er nun schon als freier Kater lebte. Sein Bäuchlein war merklich geschwunden und sogar etwas straffer geworden. Nicht, daß er gehungert hätte, doch er war jede Nacht unterwegs und hatte ein paarmal schon ziemlich rasch Reißaus nehmen müssen, um Hunden, dem örtlichen Revierfürsten, einem betrunkenen Steinewerfer und sogar einem

Marder zu entkommen. Außerdem trieb ihn seine Neugierde immer weiter. Er hatte nun auch schon einige Gärten erkundet, in die er nur kam, wenn er auf hohe Mauern sprang oder sich durch dichte Hecken zwängen mußte. Er wußte, wer zu welcher Zeit seine Runden drehte, wem er aus dem Weg zu gehen und welche Reviergrenzen er zu respektieren hatte. Es unterschied getigerte und einfarbige, rote und weiße, langhaarige und kurzhaarige Katzen – nur schwarze hatte er bislang noch nicht getroffen. Darüber wunderte er sich ein wenig.

In den letzten Nächten war es kälter geworden, frostig sogar, und in den Morgenstunden gefror der Tau. Pippins Fell war dichter, seine Pfoten waren rauher geworden, und seine Bewegungen hatte jegliche Trägheit verloren. Zwei Mäuse hatte er auch schon ... na ja, gefunden. Sie waren erfroren.

Sie schmeckten ihm allerdings nicht.

Tagsüber schlief er bis Mittag, dann nahm er in aller Öffentlichkeit, langsam und mit deutlich zur Schau gestelltem Genuß seine erste Mahlzeit ein. Das hatte Malachi ihm vorgeschlagen. Es wirkte jedesmal.

Der Engel war überhaupt recht überzeugend. Pippin mochte ihn. Aber warum sollte ein Engel auch unsympathisch sein? Ihn verwunderte lediglich, warum Malachi so nachdenklich war. Man sah es ihm zwar nicht an, nach außen hin hatte er immer gute Laune, war immer gefällig, hatte für jeden ein Lächeln und ein paar nette Worte, doch etwas zehrte an ihm. Pippin probierte es mit ein paar kleinen Zärtlichkeiten – Kopfreiben am Ärmel, ein leises Schnurren beim Um-die-Beine-Streichen, ein sanftes Pfotenauflegen. Malachi erwiderte es mit Freundlichkeit, vertraute sich ihm jedoch nicht an. Nur einmal hatte er ihn um Rat gefragt.

»Die Svenja von nebenan hat ihre Katze verloren. Und ich habe ihr versichert, sie würde zu ihr zurückkommen. Nun löchert sie mich täglich, woher ich das weiß. Was soll ich ihr nur sagen? Pippin, ich kann ihr doch nicht von den goldenen Steppen erzählen.«

»Warum eigentlich nicht?«

Natürlich kannte der Kater die Mythen und Sagen seines Volkes und wußte auch, daß die meisten davon sich als wahr erwiesen.

»Weil sie mich dann fragt, woher ich das nun schon wieder weiß. Und das letzte, was man hier auf Erden herausfinden darf, ist, daß ich ein Engel bin. Bei Großmutter Merita ist das gerade noch mal gutgegangen. Sie ist eine ungewöhnlich verständige Frau. Ich hätte es ihr auch nicht gesagt, wenn ich nicht noch so von dem Sturz verwirrt gewesen wäre, als wir uns getroffen haben. Inzwischen habe ich aber nachgedacht. Die Menschen reagieren ziemlich komisch auf uns, heißt es. Entweder sie halten uns für Spinner, oder sie erstarren vor Ehrfurcht. Oder sie verjagen uns. Sie sind ziemlich engstirnig. Fremdes und Ungewöhnliches macht ihnen angst.«

»Ich kenne noch nicht viele von ihnen, doch es gibt so 'ne und solche, will mir scheinen.«

»Das ist wohl wahr.«

»Svenja scheint mir auch ein besonderer Mensch zu sein. Sie ist allerdings sehr traurig«, schnurrte der Kater und warf einen grünen Blick zu ihr hinüber.

»Ich weiß.«

»Geh und sag ihr, ich hätte dir von den Goldenen Steppen und der Rückkehr der Katzen erzählt. Dann fragt sie nicht mehr. Sie will es doch glauben.«

Malachi sah Pippin an und nickte dann. »Für dein Alter bist du ziemlich weise!«

»Wäre mir lieber, ich könnt' 'ne ordentliche Maus fangen!«

Svenja nickte mit leuchtenden Augen, als Malachi sie fragte, ob sie wirklich ein Geheimnis behalten könne. Dann erzählte er ihr von dem fernen Katzenstern, wo sich die Seelen der verstorbenen Katzen versammelten, um dort all ihr Leid, ihre Krankheiten und ihre Wunden zu vergessen, die ihnen das irdische Leben geschlagen hatte. Er berichtete ihr von den endlosen Goldenen Steppen, deren Grashalme sich in einem ewigen Frühlingswind wiegten, voll von verlockenden Mauselöchern, von den moosigen Ufern der murmelnden Bäche, an denen die Katzen aus dem kristallklaren Wasser ihre Fische angelten, von den uralten Wäldern, deren Baumhöhlen zum Schlummern einluden oder deren hohe Äste zum Klettern verlockten, von den sonnenwarmen Felsen, wo sie sich räkelten und träge ins Licht blinzelten.

»Sie haben dort alle ein gleichmäßig graues Fell und leben in friedlichen Bruder- und Schwesternschaften zusammen. Sie verlieren die Erinnerung an all das Böse, was ihnen je zugestoßen ist, nur eines vergessen sie nie – die Liebe, die ihnen geschenkt wurde. Sobald die Zeit reif ist, sobald ihre Seelen geheilt sind, dann zieht die Sehnsucht sie zurück in die Welt der Sterblichen. Dann wählen sie einen neuen Pelz aus und kommen dort zur Welt, wo die beste

Chance besteht, wieder demjenigen zu begegnen, der sie geliebt hat.«

Wieder schwammen Svenjas Augen in Tränen, die sie sich mit dem Ärmel aus das Gesicht wischte. »Dann muß ich meine Mumuscha nur suchen, ja?«

»Nicht suchen, Svenja, auf sie warten. Suchen nützt nichts.«

Schniefend nickte sie, dann aber wurden ihre Augen wieder klar und neugierig. »Malachi, ich verstehe ja, daß diese Geschichte ein Geheimnis zwischen uns bleiben muß, aber sag mal: Woher kennst du sie eigentlich? Bist du sicher, daß sie überhaupt wahr ist?«

»Ganz sicher. Schließlich hat Pippin sie mir anvertraut.«

»Pippin? Dein Kater? Du willst mich auf den Arm nehmen!«

»Niemals, Svenja. Denk mal gut nach! Hast du dich mit deiner Mumuscha nicht auch verständigen können?«

Das Mädchen biß sich auf die Unterlippe. »O ja. Sie hat mir viel erzählt, nicht so mit Worten, wie Menschen, aber auf ... ihre Weise.«

»Siehst du, so geht das zwischen Pippin und mir auch.«

»Aber warum hat Mumuscha mir das mit den Goldenen Steppen nicht gesagt?«

»Erstens, weil es ein Geheimnis ist, und zweitens, weil die ganze Wahrheit nur die Weisen unter den Katzen kennen. Und Pippin ist einer der Ältesten unter den Weisen!« In Gedanken fügte Malachi hinzu: Er weiß es nur selbst noch nicht.

»So eine Art Hohepriester der Katzen?«

»Ja, so könnte man ihn nennen, allerdings nicht in dieser Welt und nicht vor den Menschen.«

»Gut, das verstehe ich. Aber ...« Svenja warf einen vorsichtigen Blick zur linken Ecke ihres Marktstandes, »paßt gut auf ihn auf, Malachi. Hier steht manchmal ein Mann in einem grauen Mantel herum, der ihn ganz intensiv beobachtet. Mir ist nicht wohl dabei.«

»Ein grauer Mann?«

Malachi folgte ihrem Blick und betrachtete die angegebene Stelle. Für Menschenaugen war dort nichts zu erkennen, aber seine engelischen Gefühle ließen ihn schaudern.

12.
Ein Verdacht

Michael hatte in seiner Rolle als Polizist bei den Damen der Senioren-Wohngemeinschaft angerufen und die Auskunft bekommen, Merita sei nicht bei ihnen eingetroffen. Auch ihr Sohn hatte keine weiteren Nachrichten erhalten. Michael hatte dann am Bahnhof Erkundigungen eingezogen, aber niemand konnte sich an eine ältere Dame in einem unauffälligen braunen Mantel erinnern. Hätte er seine engelischen Kräfte einsetzen dürfen, hätte er wohl recht schnell herausgefunden, wo Merita sich aufhielt, aber das wollte er lieber nicht wagen. Einzig und allein auf seine innere Stimme hörte er, und die verriet ihm, der Frau sei kein Unglück geschehen, sondern sie fühle sich sogar ungewöhnlich wohl. Darum verfolgte er die Angelegenheit nur oberflächlich weiter. Insgeheim fand er durchaus Verständnis dafür, daß die ältere Dame dem bedrückenden Haushalt der Schwiegertochter entwischt war. Vermutlich hatte sie mit jener Hetty ausgeheckt, niemandem etwas von ihrem Aufenthalt dort zu erzählen. Leise grinsend gönnte der Erzengel ihr die Ferien.

Malachi gönnte er seine Ferien indes nicht. Seine innere Stimme schwieg, wenn Michael an ihn dachte, und dafür mochte der Engelbengel selbst sorgen. Immerhin zollte Michael ihm einiges an Achtung. Offensichtlich hatte er noch nicht für unliebsames Aufsehen gesorgt. Nirgendwo waren Meldungen von hysterischen Gläubigen aufgetaucht, die einen himmlischen Boten gesehen haben wollten, es waren keine neuen, ekstatischen Sekten entstanden. Auch von Wunderheilungen hörte man nichts, nichts von überirdischen Visionen, ebenso nichts von nächtlichen Lichterscheinungen, dem Besuch von Außerirdischen oder Ufos.

Das war beruhigend.

Aber wo war der Bursche?

Zunächst hatte Michael angenommen, Malachi könne ebenfalls in den ICE eingestiegen sein, aber da wäre er mit Sicherheit aufgefallen. Flügel und Heiligenschein ließen sich nicht so einfach verstecken, und die Fähigkeit zur Gestaltwandlung wurde von dem Herrn im Himmel lediglich in besonders begründeten Einzelfällen verliehen. Michael verfolgte also weiterhin gründlich den Polizeifunk, las die Zeitungen der umliegenden Städte und Gemeinden und verfolgte jede noch so vage Spur. So hatte er dann einen jugendlichen Ausreißer aufgelesen, der mit Mutters Haushaltskasse durchgebrannt war, um seine Freundin zu besuchen, einen halbwüchsigen Selbstmörder vom Brückengeländer geklaubt und überredet, ihm seine Sorgen anzuvertrauen. Er hatte einen jungen Dummkopf auf die Wache geschleppt, der sich sinnlos betrunken hatte, einem nächtlichen Graffiti-Sprayer das Handwerk gelegt, der kopfüber an einer Autobahnbrücke hing, um sein Kunstwerk zu gestalten. Er hatte einen U-Bahn-Surfer geschnappt, kurz bevor dessen klamme Finger den Halt verloren, eine Prügelei unterbunden, bei der das Opfer ein dunkelhäutiger Junge war, einen frechen Taschendieb in Gewahrsam genommen und drei Rabauken die Ohren lang gezogen, die Passanten anpöbelten.

Keiner von ihnen war ein Engel gewesen.

Alle hatten allerdings hinterher das Gefühl, es habe sich in ihrem Leben etwas zum Guten gewendet.

Das war jedoch nur ein Nebeneffekt, der immer dann eintritt, wenn man einem Engel begegnet.

In unzähligen Kirchen war Michael zudem gewesen und hatte sich die unterschiedlichsten Chorproben angehört. Außerdem hatte er sich die seltsamsten Engelskostüme angesehen. Dann und wann hatte er sich schaudernd dabei nach den himmlischen Sphärenklängen gesehnt. Manchmal hingegen war er einfach in einer der hinteren Reihen sitzen geblieben und hatte sich gefragt, ob sich unter den Sängern nicht vielleicht doch der eine oder andere Engel verbarg.

Dem war aber nicht so.

Die Tage vergingen, ohne daß er auch nur den kleinsten Zipfel von Malachi gesehen hätte.

Dann aber fand er einen anderen Hinweis, der ihn nachdenklich werden ließ.

Sein Kollege Peter hatte ihm einen Kontoauszug vorgelegt und auf die vermißte Frau verwiesen. Tatsächlich hatte die Nachforschung bei der Bank ergeben, daß sie noch am Tage ihres Verschwindens eine größere Summe Bargeld abgehoben hatte, und zwar an einem Kassenautomaten, der sich in der Stadt befand, wo der ICE außerplanmäßig gehalten hatte. Danach waren keine Kontenbewegungen mehr eingetreten.

Die braune Wollkappe fiel Michael wieder ein.

Sollte jene Merita den Zug verlassen haben und auf Malachi gestoßen sein? Und ihn – aus welchen Gründen auch immer – akzeptiert haben? Ihm sogar geholfen haben, sich zu verbergen?

Es gab solch wunderliche Menschen.

Michael nahm sich vor, am nächsten Tag seine Ermittlungen in diesem Städtchen aufzunehmen. Dort nahm soeben das Verbrechen seinen Lauf.

13.
Überfall

Pippin war den Streunern bisher aus dem Weg gegangen. Sie versetzten ihn in Angst.

Die einheimischen Katzen, die nächtens ihr Zuhause verließen, um ihre Streifzüge durch die Straßen und Gärten zu machen, hatte er inzwischen weitgehend kennengelernt. Mit dem einen oder anderen Kater hatte er vorsichtige Grüße ausgetauscht, mit zwei zierlichen Kätzinnen sogar einen schnellen Nasenstups. Allesamt waren sie gepflegt, wohlgenährt und gesund. Zwar verhielten sie sich angemessen vorsichtig, waren aber weder scheu noch aggressiv.

Ganz anders die Streunerbande. Das waren ausgemergelte Gesellen, kampferprobt und bereit, ihr Revier und ihre schäbigen Futterquellen bis aufs Blut zu verteidigen. Sie beharkten sich gegenseitig, und trugen Kratzspuren und schorfige Wunden in ihrem Fell, aber einen Fremden, der ihren Pfad kreuzte, bedrohten sie selbstverständlich gemeinsam.

Wo Pippin ihre Markierungen fand, umging er die Gegend.

Dennoch sah er sich in der Nacht des zweiten Advents mit ihnen konfrontiert.

Daß es an einem der Marktstände überaus köstliches Futter gab, hatte sich selbstverständlich bei den ewig hungrigen Streunern herumgesprochen. Natürlich ebenso die Kunde von dem schwarzen Kater, der dort sein Stammquartier hatte. Ein großer, strammer Kater! Man hatte ihn beobachtet, heimlich, aus den unterschiedlichsten Verstecken. Man hatte seine Wege zur Kenntnis genommen, seine Gepflogenheiten studiert und seine Kontakte geprüft.

Man war zu dem Schluß gekommen, er müsse ein harmloses Weichei sein; verwöhnt, nie hungrig, in der Jagd unbeholfen, naiv und viel zu menschenfreundlich.

Ein einfaches Opfer.

Ritzard, der nicht ganz unumstrittene Chef der Bande, beschloß, die Hütte zu überfallen und zu plündern. Man stimmte ihm begeistert zu.

So schlichen sich dann im Schutze der mondlosen Nacht die fünf Übermütigsten der räudigen Bande an den Marktstand, beschnupperten die Holzplanken, aus denen sie errichtet war, und fanden rasch den schmalen Durchlaß, den Pippin für gewöhnlich benutzte.

Pippin selbst befand sich auf seinem Rundgang, und so drangen sie – furchtsam und gierig – in das Büdchen ein. Sie brauchten nicht lange, um die Reste der Katzenkekse aufzustöbern. Scharfe Krallen fuhren durch die Verpackungen, Zähne rissen an widerspenstigen Papiertüten, Fetzen flogen, eine Milchtüte platzte auf, und schließlich trat schmatzende Stille ein.

Pippin fühlte sich seltsam unruhig, während er durch die Gassen streifte. Zwar hatte er sich von jener Bande ferngehalten, das hieß aber nicht, daß er ihr Fehlen in dieser Nacht nicht bemerkte. Alles war ungewohnt ruhig; weder gab es Zankereien um Essensreste noch Grenzstreitigkeiten, und auch die Markierungen hatten eine andere Bedeutung. Vorsichtig schnüffelnd und lauschend, machte er sich auf den Weg zurück zu seinem Heim. Hier verdichteten sich die Anzeichen für ein ungewöhnliches Vorkommnis. Mehrere Pfotenspuren auf dem von Tau benetzten Boden führten in eine Richtung – in seine Richtung.

Dann witterte er es. Mehrere seiner Artgenossen hatten sich über die Vorräte hergemacht.

Ein vollkommen unerwarteter und überwältigend heftiger Zorn durchschoß Pippin wie eine Stichflamme.

Man vergriff sich an seinem Eigentum!

An dem Eigentum seines Menschen!

Pippin raste auf den Durchlaß zu, und unversehens fuhr er unter die futternde Meute wie ein krallenbewehrter Wirbelsturm. Er hieb um sich, wie er es noch nie in seinem Leben getan hatte. Krümel stoben auf, Fellstückchen wirbelten durch die Luft, gellendes Kreischen erfüllte die Hütte, die Körbe polterten auf der Theke, und scheppernd fiel ein Backblech zu Boden.

Eine magere Kätzin suchte als erste das Weite. Die beiden Jungkater versuchten noch, eine Tüte mit Futter zum Ausgang zu zerren, bekamen aber jeder einen heftigen Schlag an den Kopf, so daß sie ihre Beute fallen ließen und ebenfalls mit zerfetzten Ohren flüchteten. Die Siamesin war mutiger, sie sprang Pippin ins Genick und trommelte mit ihren Tatzen auf ihn ein. Zu ihrem Unglück aber war sie um so vieles leichter als der wohlgenährte Kater. Er schüttelte sie fauchend ab und schnappte nach ihrem ausgefransten Schwanz. In letzter Sekunde rettete sie sich mit einem Sprung durch den Ausschlupf.

Dann standen sich nur noch Ritzard, der graubraune Kater, und Pippin gegenüber. Ritzards gelbe Augen waren von dunklem Haß erfüllt. Knurrend stellte er die Rückenhaare auf, und sein Schwanz plusterte sich dick auf. Auch Pippin machte einen Buckel und grollte. Fauchend tauschten sie heftige Beschimpfungen aus. Schließlich griff der Eindringling an. Pippin, nicht besonders kampferprobt, erhielt einen schmerzenden Krallenstreich in der Flanke, da er nicht schnell genug ausgewichen war. Der Schmerz jedoch verlieh ihm neuen, wilden Mut. Mit seinem nicht unbeträchtlichen Gewicht stürmte er auf Ritzard ein, der auf den Arbeitstisch sprang. Eine Tüte Mehl zerbarst, eine weiße Staubwolke verwehrte beiden die Sicht. Pippin aber hatte den Vorteil, sich besser auszukennen. Er erhob sich auf die Hinterbeine, breitete die vorderen Pfoten aus und gab einen schrillen Schrei von sich. Auch Ritzard erhob sich und kreischte. Sie schlugen mit ausgefahrenen Krallen auf einander ein.

Ritzard rutschte ab.

Pippin sprang ihm nach.

Sie rollten über den Boden und verkrallten sich ineinander.

Ritzard schlug mit dem Kopf an die scharfe Kante des Backblechs und blieb regungslos und blutend liegen.

Heftig schnaufend ließ Pippin von ihm ab.

Malachi lag bäuchlings auf dem Bett. Er genoß es, seine Flügel zu entfalten und gelegentlich damit zu wedeln, während er ein spannendes Buch las. Schlaf brauchen Engel nicht, und richtig in einem Bett liegen können sie auch nicht. Als das Kreischen begann, stand er auf und lief zum Fenster. Seine scharfen Augen erkannten auch im Dunkel den Aufruhr, der sich um ihren Marktstand entwickelte. Eilig zog er sein Sweatshirt über und drückte sich die Baseballmütze auf den Heiligenschein. Dann lief er nach unten, um zu sehen, was sich dort abspielte.

Merita schlief tief und fest und träumte von einem schönen Garten, in dem sie zwischen duftenden Rosen, von summenden Bienen umgeben, im warmen Sonnenschein Unkraut jätete. Sie träumte auch von ihrem alten Kater, der friedlich zwischen den Lavendelbüschen ruhte und ihren gemurmelten Worten dann und wann mit einem Schnurren antwortete. Es irritierte sie ungemein, daß er plötzlich zu kreischen begann, und sie wachte auf.

Das Kreischen hörte nicht auf.

Etwas benommen, weil sie sich erst wieder erinnern mußte, wo sie sich befand, setzte sie sich auf. Es polterte und schepperte in der Stille der Nacht, und das Geräusch schien von unterhalb ihres Fensters zu kommen. Alarmiert stand sie auf und zog den Vorhang beiseite. Sie sah gerade noch drei Katzen die Flucht ergreifen, doch die Auseinandersetzungen schienen noch nicht beendet. Eilig zog sie sich ihre Kleider über den Schlafanzug, stieg ohne Socken in die Schuhe, packte den Schlüssel zum Marktstand und lief nach unten.

Hier traf sie mit Malachi zusammen, der leise flüsterte: »Pippin hat Probleme!«

Sie schlossen die Tür auf und schalteten das Licht ein.

Ein Bild der Verwüstung bot sich ihren Augen dar. Milch

tropfte von der mehlverschmierten Arbeitsplatte, aufgeplatzte Tüten lagen herum, Gebäck war zerkrümelt, überall befanden sich Büschel von Katzenhaaren in den unterschiedlichsten Farben.

Neben dem verbogenen Backblech saß Pippin, der verstört auf einen graubraunen Kater hinabstarrte. Als er Merita und Malachi bemerkte, wandte er sich mit traurigem Blick zu ihnen.

»Pippin sagt, er wollte ihn nicht umbringen!« übersetzte der Engel. »Eine ganze Bande ist hier eingebrochen. Vier hat er verjagt. Der eine hier wollte kämpfen. Dann ist er auf das Blech gefallen. Ein Unfall! Es tut ihm jetzt entsetzlich leid, weil – die Streuner waren so hungrig.«

Merita kniete nieder und betrachtete den mageren Eindringling. Er blutete aus vielen Kratzern, hatte einen langen Riß im Fell, und vor allem sein Kopf hatte eine böse Wunde abbekommen.

»Herr im Himmel!« stöhnte die alte Dame. »Er lebt noch, aber er braucht dringend einen Tierarzt. Wenn ich nur wüßte ...«

Malachi kniete ebenfalls nieder und betrachtete den Verletzten. »Versprichst du mir, niemals über das zu reden, was jetzt passiert, Großmutter?«

»Was hast du vor, Junge?«

»Versprich es!«

Merita sah in die uralten Augen des Engels und nickte.

»Dreh dich um!«

Sie befolgte seinen Befehl.

Daher sah nur Pippin, wie Malachi mit sanften Händen über den alten Streuner strich und sich ein feines, blaues

Leuchten über dessen Wunden verdichtete. Die Verletzungen heilten bei der Berührung der Engelsfinger, ohne eine Narbe zu hinterlassen. Die Kratzer heilten sehr schnell, der Riß auch; lediglich die Kopfwunde, die sehr tief war, brauchte etwas länger. Dann aber blinzelte Ritzard plötzlich, und sein Blick wurde klarer. Er wollte aufspringen, doch Malachis Augen blieben auf ihn gerichtet, und so entspannte er sich allmählich. Zudem schnurrte Pippin beruhigend.

Beide hörten sich bald danach das bedrückende Schicksal an, das Ritzard widerfahren war und das Malachi für Merita übersetzte.

14.
Ermittlungen

Ich habe ein Schild geschrieben, Großmutter, und Ritzard überredet, sich heute auf die Theke zu setzen. Er hat aber Lampenfieber!«

»Das legt sich, Ritzard!« beruhigte Merita den Graubraunen und strich ihm über den Kopf. Er zuckte ängstlich zurück und fauchte leise, ohne jedoch wegzulaufen. Auch als Pippin kam, blieb er sitzen, obwohl sich sein Fell leicht sträubte. Dann ging er vorsichtig, als ob er seinen eigenen Beinen noch nicht recht trauen wollte, zu dem mit einer weichen Decke ausgepolsterten Korb auf der Theke neben den frischen Katzenkeksen.

Noch in der Nacht hatten Merita und Malachi die Unordnung aufgeräumt und dann sehr früh, bevor die anderen ihre Stände eröffneten, begonnen, neue Ware zu backen. Dabei hatten sie überlegt, was sie mit dem Streuner anfangen sollten, der inzwischen erschöpft in einer Ecke eingeschlafen war. Auch Pippin hatte sich, in gebührendem Abstand, zusammengerollt und lag wie ein glänzender Lakritzringel schnarchend auf seiner Decke. Seine Kratzer hatte Malachi ebenfalls geheilt.

»Wenn der Mann wirklich in diese Stadt gezogen ist, wird er sicher nicht auf die Idee kommen, sein Kater könne ihm bis hierher gefolgt sein. Ritzard ist aber auch ein

Dummkopf, er hätte mehr Vertauen in seinen Menschen haben sollen, statt beim Anblick der verpackten Möbel Reißaus zu nehmen. Und sich dann auch noch in Nachbars Keller zu verstecken und da zwei Wochen eingesperrt zu werden! Was für eine Kette tragischer Ereignisse«, resümierte Merita, während sie die ersten Gacker-Knacker aus dem Ofen holte.

»Nein, suchen wird er ihn hier sicher nicht. Aber er könnte ihn finden, nicht wahr, Großmutter?«

»Doch wie, Malachi?«

»Er wird bestimmt auch einmal über den Weihnachtsmarkt gehen. Pippin kennt inzwischen schon jeder. Ritzard könnte sich auch einmal neben die Körbe setzen. Vielleicht bemerkt er ihn da. Oder jemand, der ihn kennt, wird ihm von dem Kater berichten. Oder es findet sich jemand, der ihm ein neues Heim gibt.«

»Malachi, du hast hervorragende Ideen!«

Darum stand nun auf dem Schild schlicht: *Kater sucht ein Zuhause!*

Ehrlich gesagt, Ritzard war kein schönes Tier. Die drei Monate Wanderschaft, die karge Kost, der ständige Überlebenskampf hatten ihn gezeichnet. Sein Fell hatte Merita zwar ein wenig aufgebürstet, aber es war noch immer stumpf und an manchen Stellen verfilzt. Einen Reißzahn hatte Ritzard verloren, und den Schwanz hatte er sich auch einmal gebrochen, weshalb das Ende etwas abgeknickt war. Die Besucher bemitleideten ihn, aber keiner machte das Angebot, ihn zu sich zu nehmen.

Auch der Mann in dem grauen Mantel mit dem grauen Gesicht nicht, obwohl er wieder einmal verstohlen den

Marktstand beobachtete – diesmal von Ahmets Marktbude aus.

Dieser Standnachbar allerdings hatte es Malachi angetan. Schon vom ersten Tag an hatte er immer wieder mit gespitzten Ohren zu ihm hin gelauscht, und zwar immer dann, wenn sich dort keine Kundschaft aufhielt. Dann hatte sich der Mann nämlich mit einer seiner Trommeln hingesetzt und leise darauf gespielt. Alles an Malachi bebte und wippte in den mitreißenden Rhythmen, die zu ihm hinüber klangen, und er erwischte sich dabei, im selben Takt die Bleche zu schrubben, Teig zu kneten oder nur mit den Füßen auf den Boden zu klopfen. Zu gerne hätte er eine dieser Trommeln besessen, aber er hatte inzwischen den Wert des menschlichen Geldes kennengelernt. Der Verkauf des Gebäcks ließ sich zwar gut an; trotzdem reichten die Einnahmen gerade für neue Vorräte, die Hotelzimmer, Kleidung und Mahlzeiten für sie drei. Wobei er selbst eigentlich kaum etwas benötigte, aber Merita bestand darauf, daß er angemessene Kleider trug.

»Auch wenn ein Engel durchaus barfuß und nur mit einem dünnen Hemd im Schnee stehen kann, würde es doch ziemlich komisch aussehen, wenn du das so halten würdest. Was meinst du, was für dummen Fragen ich ausgesetzt wäre, wenn ich meinem Enkel keine vernünftige Schuhe kaufen würde!« hatte Merita mit Recht eingewandt. Dummen Fragen wollte Malachi sie weiß Gott nicht ausgesetzt sehen.

Kurz und gut, eine Trommel war im Etat nicht drin, aber seine sehnsuchtsvollen Blicke konnte auch ein Engel nicht zurückhalten.

Einen dieser Blicke fing Ahmet auf und grinste ihm zu. Er stellte die Trommel zurück auf das Bord und kam zu ihrem Stand hinüber.

»Gab heute nacht hier Gezeter, nicht wahr?«

»Eine Streunerbande!« Malachi nickte. »Pippin hat sie verjagt, aber er hier scheint Zutrauen gefaßt zu haben!« Der Engel deutete auf Ritzard.

»Ihr seid gute Menschen. Kümmert euch um die Tiere. Wenn sich keiner findet, der ihn will, kann er mit zu mir kommen. Ich hab' nur eine kleine Wohnung, aber es wird schon reichen.«

»O danke, Ahmet!«

»Der Schwarze ist ein kluger Kerl, was?«

»Ja, Pippin hat es faustdick hinter den Ohren. Er hat den ersten Fisch geklaut und uns damit auf die Idee mit den Katzenkeksen gebracht.«

Während Malachi sich unterhielt, knetete er den Teig weiter. Klatsch-bum, Bum-klatsch, Klatsch-bum, Bumklatsch, so knallte er die Masse auf den Tisch.

»Du hast Rhythmus im Blut, Junge!«

»Meinst du?«

»Aber wirklich. Komm nachher mal rüber, dann zeige ich dir was.«

»Sehr gerne!«

Einige Kunden waren an Ahmets Stand stehengeblieben, daher winkte er Malachi nur noch kurz zu, um sich ihnen dann zu widmen.

Der Engel jedoch strahlte bei der Aussicht, später vielleicht eine der Trommeln ausprobieren zu dürfen.

Darüber bemerkte er nicht den Polizisten, der mit aufmerksamem Blick durch die Menge streifte. Ihm fiel auch nicht auf, wie der graue Mann plötzlich in der Menge verschwand.

Michael hatte sich bei den beiden Kollegen verabschiedet und die Polizeiwache des kleinen Städtchens aufgesucht, zu dem ihn die Spur von Meritas Kreditkarte geführt hatte. Die Lage war in der Wache die gleiche, die überarbeiteten Beamten nur zu froh, Unterstützung zu bekommen und fragten nicht genau nach, wem sie diesen glücklichen Umstand verdankten. Mit Freuden übernahm Michael es, auf dem Weihnachtsmarkt Streife zu gehen. Er machte seine Sache gut. Hitzige Glühweintrinker beruhigten sich, wenn er höflich einschritt, der Zank zwischen dem Würstchengriller und der Crêpe-Bäckerin wurde durch seine Vermittlung beigelegt, ein in der Menge verlorengegangenes Kleinkind faßte vertrauensvoll seine Hand und ließ sich zu den Eltern führen, zwei wütende Hunde ließen voneinander ab, und der ertappte Taschendieb händigte mit einer Entschuldigung die Börse wieder aus.

Zwischendurch beobachtete er aufmerksam alle Standbesitzer. Er hatte ein Foto von Merita, das sie in einem strengen Kostüm, dezent geschminkt und mit einer sorgfältig frisierten Dauerwelle zeigte. Darum muß man ihm wohl nachsehen, daß er die fröhliche Bäckerin mit der Schirmmütze, unter der sich die grauen Haare wild ringelten, dem grünen Pullover und den mehlbestäubten Jeans nicht direkt mit der Vermißten in Zusammenhang brachte. Auch beim Anblick des buckeligen Jungen, der so geschickt mit den heißen Backblechen jonglierte, blitzte keine Erkenntnis bei ihm auf, zumal der seine goldenen Locken nebst Heiligenschein an diesem Tag geschickt unter einer roten Nikolausmütze versteckt hatte. Der schwarze Kater ließ sich nicht blicken, Ritzard hatte ja die Aufgabe übernommen, die Kunden – und gegebenenfalls eine Adoptivfamilie anzulocken. Michael betrachtet das Schild und den struppigen Kater. Der öffnete plötzlich weit seine goldenen Augen und begann zu zittern.

»Schon gut, Alter, ich kümmere mich drum!« flüsterte Michael ihm zu und wandte sich schnell ab, um nicht dabei beobachtet zu werden, wie er eine Unterhaltung mit dem Kater führte. Als er an Ahmets Stand vorbeiging, fühlte er eine unangenehme Kälte, und als er genauer hinsah, schien ein grauer Schatten hinter dem Stand zu verschwinden. Irritiert sah er hinterher. Krankheit und Verwirrung hatten ihre Spuren hinterlassen. Aber mehr war nicht zu erkennen. Schulterzuckend setzte Michael seinen Streifengang fort, diesmal aber mit einem weiteren Anliegen. Er suchte einen ganz bestimmten Mann, einen älteren, zurückhaltenden Herrn, der ein wenig hinkte, gerne eine karierte Kappe trug und manchmal Pfeife rauchte. Ein Mann, der alte Bücher liebte.

Es gab einen Stand mit antiquarischen Büchern, den er besonders im Auge behalten wollte.

Die Lichterketten und Laternen leuchteten schon früh an diesem dunklen Nachmittag, und in der Luft lag der Geruch von Schnee. Dennoch drängelten sich die Menschen über den Markt, aßen hier einen Flammkuchen, dort ein Fischbrötchen, mal eine heiße Waffel oder eine marmeladetropfende Crêpe. Außerdem kauften sie Weihnachtsgeschenke oder Dekorationen.

Oder Katzenkekse.

Ritzard hatte genug davon, auf dem Präsentierteller zu liegen. Er war nach unten gesprungen, hatte sich dort in die Decken gerollt und war eingedöst. Seit langem einmal mit warmen Knochen, denn der Backofen strahlte den ganzen Tag seine Hitze ab. Er war auch satt, was ebenfalls seit Monaten ein unbekanntes Gefühl für ihn war. Er träumte von dem Zuhause, das er aus eigener Dummheit verloren hatte. Er träumte auch von dem Menschen, mit dem es sich so gepflegt hatte zusammenleben lassen, einem älteren Herren, der ihm abends, wenn er auf seinem Schoß lag, mit ausdrucksvoller Stimme aus den Büchern vorlas, die er so liebte. Er träumte, er höre seine Stimme ...

»Entschuldigung, gnädige Frau, ich hörte, Sie haben eine Katze abzugeben? Oder habe ich das falsch verstanden, und es bezog sich nur auf Katzenfutter?«

Merita drehte sich um und wischte sich die Locken aus der Stirn. Sie betrachtete den Mann, der etwas weitsichtig einen Beutel Käse-Knusper in seiner ausgestreckten Hand beäugte.

»Nein, wir haben tatsächlich einen Kater abzugeben. Er ist uns zugelaufen. Nur – im Moment ist er gerade eingeschlafen.«

»Ja, dann will ich ihn nicht stören. War nur ein Versuch. Noch einen schönen Abend.«

»Moment, warten Sie doch«, rief Merita dem Mann hinterher.

Der ältere Herr mit der karierten Mütze blieb stehen und drehte sich um.

»Haben Sie denn Interesse daran, eine Katze aufzunehmen?«

»Vielleicht. Obwohl ...«

»Wollen Sie sich den Kater nicht wenigstens einmal ansehen?«

Merita hatte den ganzen Tag darauf gewartet, daß jemand Interesse an Ritzard bekundete, aber dessen jämmerliches Aussehen hatte wohl nicht für ihn gesprochen. Wahrscheinlich würde auch dieser Mann mitleidig das Gesicht verziehen und dann dankend ablehnen. Trotzdem wollte sie nichts unversucht lassen. Sie bedauerte, Malachi gerade auf eine Beschaffungsrunde geschickt zu haben, er konnte einen hinreißenden Charme in jedem Verhandlungsgespräch entwickeln.

»Na ja, aber ... wissen Sie, eigentlich ... Es war nur so eine spontane Idee. Ich weiß nicht, ob ich mich noch einmal an einen anderen Kater gewöhnen könnte!«

Schnell hakte Merita nach. »Haben Sie denn schon einmal mit einer Katze zusammengelebt? Sehen Sie, ich hatte einen Kater, mit dem war ich zwanzig Jahre zusammen. Wenn ich die Möglichkeit hätte, ich würde jederzeit wieder einen bei mir aufnehmen.« Sie redete auf den Mann ein, während sie sich zu Ritzards Deckenlager vorarbeitete. Sie war sich nicht ganz sicher, wie der alte Streuner reagieren würde, wenn sie ihn so einfach aus dem Schlaf holte und hochhob. Bisher hatte er sich höchst widerwillig und auch nur von Malachi berühren lassen.

Vorsichtig wickelte sie die Decke eng um ihn, damit nur

sein Kopf noch hervorschaute und eine überstürzte Flucht nicht möglich war. Sie plapperte unablässig weiter, und Ritzard murrte etwas im Schlaf.

»Er hat ein hartes Leben gehabt, aber er scheint sich nach menschlicher Gesellschaft zu sehnen. Er war gewiß nicht immer ein Streuner. Leider sieht er im Moment etwas ungepflegt aus, aber das würde sich in liebevoller Umgebung bestimmt bald geben!«

Immerhin war der Mann stehengeblieben und wartete, bis sich Merita mit einem leisen Stöhnen erhob und das Deckenbündel zu ihm drehte.

Ritzard schlug die Augen auf.

Dem älteren Herren entglitt der Spazierstock. Er wurde kreideweiß im Gesicht, schwankte und mußte sich an der Theke festhalten.

Ahmet sprang herbei und stützte ihn.

»Linke Jackentasche!« keuchte der Mann.

»Herr im Himmel!« entfuhr es Merita. Plötzlich stand ein hilfsbereiter Polizist neben ihm, griff in besagte Tasche und förderte eine Sprayflasche zutage. Rasch hatte er dem Schwankenden eine Dosis des Medikamentes in den Mund gesprüht.

Merita hatte Ritzard wieder auf den Boden gelegt und schon die Tür des Büdchens geöffnet.

»Bringen Sie ihn hier herein!«

Ahmet führte den älteren Herren vorsichtig zu ihr und half ihm, auf dem mehlbestäubten Hocker Platz zu nehmen.

Ritzard lag noch immer da, wo Merita ihn niedergesetzt hatte, aber kaum saß der Mann, sprang der Kater auch schon auf dessen Schoß und begann, wie ein wohlgepflegter Motor zu schnurren. Zitternde Händen hielten ihn fest und wurden dann ruhig.

»Ritzard!« flüsterte der Mann. »Ritzard, alter Freund!«

Das Schnurren wurde noch lauter.

Merita fand es beruhigend, daß das Gesicht unter der karierten Kappe nun wieder eine gesunde Farbe angenommen hatte, und fragte vorsichtig nach, ob ein Arzt geholt werden solle.

»Nein, gnädige Frau. Ich habe alle Medizin, die ich brauche. Ritzard!« murmelte der Mann noch einmal und streichelte das struppige Fell. »Ich habe ihn vor drei Monaten verloren. Ich hätte nie gedacht, ich würde ihn noch einmal wiedersehen. Ritzard, mein Kater!«

Der Kater richtete sich auf, legte dem älteren Herrn die Pfoten auf die Schultern und schmiegte seinen Kopf an dessen Wange.

»Na, da haben sich aber zwei gefunden!« stellte die Gewürzhändlerin fest, die mit Svenja ebenfalls vorbeigekommen war, um zu fragen, ob sie helfen könne.

»Das sieht wirklich so aus!«

»Soll ich vom Korbhändler da drüben einen Tragekorb holen?« fragte Svenja, die damit als erste praktischen Verstand bewies.

»Was für ein kluges Mädchen!« lobte der Mann sie und nickte. »Ja, kauf einen Korb. Ich gebe dir gleich das Geld.« Und zu Merita gewandt, meinte er: »Mag er denn diese Katzenkekse?«

»Die Käse-Knusper scheinen es ihm besonders angetan zu haben, aber die anderen mag er auch recht gerne.«

»Packen Sie mir von jedem eine Tüte ein.«

Als Svenja mit einem hübschen, halbkugelförmigen Deckelkorb zurückkam, gab er nicht nur ihr das Geld dafür, bezahlte die Katzenkekse, sondern legte Merita auch noch einen großen Geldschein auf die Kasse.

»Finderlohn!«

»Aber nicht doch!«

»Natürlich. Obwohl es gar nicht genug sein kann. Ritzard wiederzuhaben ist mit Geld nicht zu bezahlen.«

»Wenn Sie darauf bestehen. Ich werde es dem Tierheim spenden.«

Die Helfer hatten sich inzwischen wieder zu ihren Arbeiten zurückgezogen, dafür war aber Malachi, beladen mit Vorräten inzwischen eingetroffen. Er lächelte erfreut, als er von der Entwicklung hörte, und kraulte Ritzard noch einmal zwischen den Ohren. Der ältere Herr wollte ihn in den Korb legen, doch völlig unerwartet wehrte sich der Kater. Er sprang auf und gab einen leichten Tatz auf die ihn haltenden Hände.

»Nanu ...?«

Schon war Ritzard zu Boden gesprungen, ging schnurstracks in die Ecke, aus der Pippin das Geschehen reglos beobachtet hatte, und baute sich vor ihm auf. Auch der Schwarze stand auf, und einen kleinen Moment sahen sich beide tief in die Augen. Dann gab Ritzard Pippin einen ganz raschen Nasenstups und hüpfte freiwillig in den Tragekorb.

»Sie haben sich ein wenig angefreundet«, erklärte Malachi mit einem engelhaften Grinsen und streichelte Pippin dankbar.

15.
Vermittlungen

Malachi hatte anschließend eine atemberaubende Stunde bei Ahmet verbracht und sich in die Kunst des Trommelns einweisen lassen. Wie alle Engel war er ungemein begabt und hatte die Technik schon bald gemeistert. Der Rhythmus lag ihm, wie sein Lehrmeister es ganz richtig vermutet hatte, wirklich im Blut. Darum stand er nachts auch wieder am Fenster und sah auf den beleuchteten Marktplatz hinaus. Dabei klopften seine Finger leise die kompliziertesten Taktfolgen auf das Fensterbrett. Doch als Pippin seine schwarze Nase aus der Marktbude streckte, schlich er sich aus seinem Zimmer, um ihn zu begleiten. Mit kindlicher Freude haschte Malachi, als er auf den Marktplatz kam, nach den weißen Flocken, die lautlos herniederrieselten. So etwas hatte er im Himmel, der bekanntlich über den Wolken liegt, noch nicht erlebt und fand es bezaubernd. Auf seinen Fingerspitzen schmolzen die sternförmigen Kristalle nicht, und wieder und wieder bewunderte er in ihrer klaren Schönheit die umsichtige Schöpfung des Herren.

»Mir gefällt das nicht!« stellte Pippin fest, der versuchte, sich von allen vier Pfoten gleichzeitig das kalte, nasse Zeug zu schütteln. Er hatte dabei Mühe, nicht auf die Nase zu fallen.

»Nein, vermutlich nicht, aber du gefällst mir.«

»Ach was! An mir ist nicht viel zu bewundern.«

»Doch, deine Großmut, Pippin. Der Streuner ist jetzt glücklich.«

»Der Alte auch. Er wird Ritzard sicher keine blauen Jäckchen anziehen!«

Malachi kicherte. »Nein, ganz gewiß nicht. Er wird ihn auf seinen Schoß nehmen und ihm eine wundervolle Geschichte vorlesen. Dann wird er ihn herauslassen und so lange wach bleiben, bis der Kater wieder reinkommt. Ich nehme an, Ritzard wird in seinem Bett schlafen. Es ist gut, ein sicheres Heim zu haben.«

Pippin hatte darüber noch nicht sehr viel nachgedacht. Ihm war es derzeit noch erheblich angenehmer, seine großzügig bemessene Freiheit genießen zu dürfen. Das sagte er dem Engel auch, während sie durch die verschneiten Straßen wanderten.

»Sei da nicht so sicher, Pippin. Wie würdest du dich fühlen, wenn du heute nacht keine warme Hütte hättest und in diesem Schneetreiben draußen bleiben müßtest?«

Wie auf Befehl fuhr ein kalter Windstoß um die Häuserecken und trieb dem schwarzen Kater eine besonders dicke Ladung Schnee ins Gesicht.

»Beschissen!« gab er zu.

Sie stapften weiter und kreuzten die Pfade zweier Katzen.

»Die beiden Jungkater! Denen möchte ich lieber nicht begegnen«, meinte Pippin und wählte eine andere Route.

»Sind nicht viele deinesgleichen heute unterwegs, was?«

»Nur die Streuner.« Der Kater schnüffelte an einem Zaunpfahl. »Arme Kerle!«

Malachi sagte nichts.

»Meinst du, Malachi ...?«

»Ja, ich meine.«

Pippin beschnüffelte noch einmal den Zaun. »Die Kätzin! Ihr geht es nicht gut. Sie muß hier irgendwo im Garten sein.«

»Dann sollten wir sie wohl mal aufstöbern!«

Der Kater hüpfte elegant auf einen Pfahl und sprang auf der anderen Seite hinunter. Malachi kletterte etwas weniger elegant hinterher. Die Menschenkleidung störte ihn bei derartigen Aktionen ein wenig.

Sie fanden das grau getigerte Tier unter einer Eibe, die mit ihrem Geäst den Schnee abhielt. Die Kätzin hatte sich eng zusammengerollt, aber ihre Flanken bebten. Als sie Pippin bemerkte, sprang sie erschrocken auf.

»Ruhig, Mädchen!« murmelte Malachi und kniete nieder. Ängstlich wich die Kätzin zurück, ohne ihre fiebrigen Augen abzuwenden. Was immer sie in dem Engel erkannte, brachte sie dazu, sich wieder hinzusetzen und mit aufgestellten Ohren und gespreizten Schurrhaaren zuzuhören.

»Wie heißt du?« wollte er wissen, nachdem er sich und Pippin ordentlich vorgestellt hatte.

»Mimi«, flüsterte die Magere.

»Mimi hört sich hübsch an. Ritzard hat übrigens seinen Menschen wiedergefunden.«

»Hab' ich gehört.«

»Wie sieht es mit dir aus?«

»Vergißß eß. Ich will meine Menschen nicht wiederfinden. ßie haben mich außgeßetzt, als ßie fortgeßogen ßind.«

Mimi lispelte sehr stark.

»Und andere?«

»Eß gibt keine guten Menschen.« Mimi wollte sich wegdrehen, zum Zeichen, daß sie dieses Thema nicht vertiefen wollte, doch Pippin mischte sich ein.

»Du bist krank gewesen und bist noch immer zu schwach zum Jagen.«

Mimi murrte leise

»Was ist passiert?« fragte Malachi.

»Jagdunfall. Hab' einen Vogel gefangen, der dann nach mir gehackt hat. Hat mir die ßunge zerrißßen.« Sie öffnete ihr Mäulchen und zeigte eine gespaltene rosige Zunge. »War entßündet. Tut noch immer weh.«

»Du kannst also weder essen noch trinken und dich auch nicht putzen. Darum bist du so mager und so strubbelig«, folgerte Malachi.

»Na und?«

»Der Schnee wird liegenbleiben, Mimi ...«

»Dann werde ich ßterben.«

»Nicht alle Menschen sind so gemein wie diejenigen, die dich ausgesetzt haben. Die ersten, bei denen ich lebte, haben mich zwar nicht rausgelassen, aber gesorgt haben sie schon für mich. Und Merita ist wirklich eine gute Frau. Wir könnten die richtigen Leute für dich aussuchen.«

Mimi wehrte sich noch ein Weilchen, dann aber ließ sie plötzlich den Kopf hängen und maunzte leise: »Ich will nicht ßterben.«

»Ich weiß, Mimi. Komm her!«

Malachi nahm die magere Kätzin sanft in die Arme und drückte sie an sich. Sacht strich er das Fieber und die Entzündungen aus ihrem Körper, glättete das verfilzte Fell und heilte die vielen kleinen Kratzer. Nur die Zunge ließ er an der Spitze geteilt. Nach einer Weile begann Mimis Körper zu vibrieren, und ein zaghaftes Schnurren klang aus ihrer Kehle.

»So, und nun denke ich an ein Schälchen Sahne und ein paar Bissen gedünstetes Hühnerfleisch.«

»Oh, ich auch!«

Am nächsten Morgen hatte Malachi schon ein neues Schild aufgehängt. *Mimi sucht ein liebevolles Zuhause*, hieß es diesmal. Merita tat noch nicht einmal so, als würde sie sich wundern. Sie richtete einfach den Korb für Mimi und streichelte die Kätzin, die sie ein wenig mißtrauisch anschaute. Eine Handvoll Gacker-Knacker nahm sie schließlich doch dankbar aus ihrer Hand.

»Mimi hatte ein häßliches Schicksal, Großmutter. Sie ist tief enttäuscht worden von den Menschen. Wir müssen Leute für sie finden, die ihr eine beständige Zuneigung schenken.«

Malachi rührte die Zutaten für den ersten Teig zusammen.

»Ich werde darauf sehen.«

»Sie hat uns übrigens erzählt, daß es hier eine ganze Kolonie von Streunern gibt. Aber in den vergangenen Monaten ist etwas Unheimliches passiert. Alle schwarzen Katzen, die dabei waren, sind spurlos verschwunden. Auch zwei, die ein Zuhause hatten. Sie meint, wir sollen gut auf Pippin achten.«

»Das hört sich bedenklich an, Malachi! Es gibt den häßlichen Aberglauben, schwarze Katzen würden Unglück bringen. Hoffentlich leben hier nicht irgendwelche Fanatiker, die deshalb hinter diesen Katzen her sind.«

»Wir werden achtsam sein.«

Die Geschichte von Ritzard und das glückliches Zusammentreffen mit seinem Menschen hatte sich bereits herumgesprochen, und daher fand Mimi am Morgen reichlich Beachtung. Die zwei Angebote, die Merita für sie gemacht wurden, lehnte Merita allerdings nach kurzer Rücksprache mit Malachi ab. Eine junge Frau wollte die Kätzin aufnehmen, gestand aber, sie sei beruflich sehr stark in Anspruch genommen und müsse viel reisen. Vor Trennungen aber hatte Mimi Angst. Der zweite Interessent hatte bereits einen Hund und einen Kater, und hier hätte die liebebedürftige Mimi vermutlich nicht genügend Aufmerksamkeit bekommen. Außerdem waren ihr Hunde aus böser Erfahrung nicht besonders sympathisch.

Svenja kam nach der Schule auch vorbei und gurrte und schnurrte mit Mimi herum, die sich das erfreut gefallen ließ. Als Merita sie jedoch fragte, ob sie sich ihrer annehmen wollte, schüttelte sie nur traurig den Kopf.

»Nein, sie ist zwar eine ganz liebe, aber nicht die richtige Katze für mich. Ich vermisse meine Mumuscha noch so.«

»Dann wirst du noch ein bißchen warten müssen.«

Svenja nickte, dann wurde sie aber wieder heiterer und erzählte, ihr Schulchor werde am frühen Abend auf dem Marktplatz Weihnachtslieder singen.

»Da werden wir dir besonders applaudieren!« versprach Merita und wunderte sich, warum Malachi plötzlich so leuchtende Augen bekam. Dann fiel ihr ein, daß auch er im

Engelschor gesungen hatte. Wahrscheinlich freute er sich auf die Musik.

Das tat Malachi selbstverständlich, aber aus anderem Grund. In einer freien Minute ging er zu Ahmet hinüber und fragte, ob er eine der Trommeln ausleihen dürfe.

»Nimm die Darbouka, Junge. Du weißt damit umzugehen. Aber was hast du vor?«

»Ich will was probieren ...«

Mehr verriet Malachi nicht. Doch als sich der Schulchor an dem hohen Weihnachtsbaum mitten auf dem Markt versammelte, setzte er sich auf die Stufen des Brunnens zu ihnen. Svenja lächelte ihm zu, während die Lehrerin ihn mißtrauisch beäugte.

»Lassen Sie ihn nur, Frau Ritter. Der Junge spielt super. Ich habe ihm gestern abend beim Üben zugehört!«

»Wenn er uns nur nicht durcheinanderbringt!«

Malachi verstand die Warnung. Beim ersten Lied trommelte er nur ganz leise im Takt mit und bekam ein widerwillig anerkennendes Nicken von der Musiklehrerin.

Beim zweiten wurde er etwas lauter, und irgendwie schien der Chor dadurch an Schwung zu gewinnen.

Beim dritten Lied fingen die Zuhörer an, mit den Fingern zu schnippen, und beim vierten – es war »In dulci jubilo« – übernahm er die Führung der Sänger. Es entsprach zwar nicht ganz der ursprünglichen Fassung, aber selbst Frau Ritter mußte zugeben, daß es eine ungemein rhythmische Interpretation des Liedes war. Sie bat Svenja, ihr den jungen Trommler vorzustellen.

»Das ist Malachi. Er arbeitet am Stand gegenüber von dem meiner Mutter. Sie verkaufen Katzenkekse.«

Malachi unterhielt sich sehr angeregt mit der Lehrerin, und schon kurz darauf waren sie im Fachsimpeln über Tonsetzungen, Kontrapunkt, Synkopen und allerlei musikalisches Handwerkszeug versunken. Dabei gingen sie langsam zum Stand zurück.

»Und Katzen verkauft ihr auch?« fragte die Lehrerin, als sie Mimi entdeckte.

»Wir vermitteln sie. Mimi ist eine arme, halbverhungerte Streunerin, die wir aufgelesen haben.«

Frau Ritter sah die Grautigerin mit sehnsüchtigen Augen an. »Ich habe nur eine Wohnung oben unter dem Dach. Ich habe gehört, Katzen brauchen Auslauf, darum habe ich nie eine zu mir genommen, aber ich versorge hin und wieder die beiden von unserer Nachbarin. Ich mag Katzen sehr.«

Sie hielt ihre Hand ein wenig scheu, doch in Einhaltung der Etikette zu Mimi hin, damit sie daran schnuppern konnte.

»Nicht alle Katzen wollen ein großes Revier«, bemerkte Merita, die Mimis Verhalten aufmerksam beobachtete. »Manche geben sich auch mit einem Balkon zufrieden.«

»Sind Sie sicher? Ich meine, ich habe eine schöne Dachterrasse ...«

Die Lehrerin schien mit sich zu ringen.

Malachi tauschte einen Blick mit Mimi.

»Ich habe den Eindruck, Mimi könnte daran Gefallen finden. Sie werden doch in der nächsten Zeit nicht umziehen?«

»Um Himmels willen! Nein! Ich bin so froh, hier eine wirklich gute Schule gefunden zu haben.«

Svenjas Gesicht verzog sich zu einem breiten Grinsen, als sie sagte: »Na, ich werde dann mal wieder zum Korbmacher gehen!«

Michael machte seine übliche Runde über den verschneiten Marktplatz. Auch er fand den Anblick schön, denn seit am Morgen der Schneefall aufgehört hatte und eine blasse Wintersonne den Tag erhellte, glitzerten die Hütten und auch der große Tannenbaum war wie mit Zuckerguß überzogen. Es war auch ausnehmend friedlich, niemand hetzte herum, auf den Gesichtern lag oft ein freundliches Lächeln, und sogar der gelangweilte Leierkastenspieler drehte seine Kurbel etwas beschwingter als noch die Tage zuvor. Einzig störend wirkte der graugesichtige Mann in dem grauen Mantel, der mit funkelnden Augen die Katzenspuren im Schnee verfolgte. Michael ging ihm einige Schritte nach, aber der Mann straffte plötzlich seine Schultern und betrat eine Apotheke. Für den Erzengel hinterließ er wiederum einen Hauch von Krankheit und Verwirrung. Michael hoffte, er würde sich ein heilsames Medikament besorgen, denn den dunklen Schatten, der ihn umgab, fand er besorgniserregend.

Dann aber lenkte ihn das neue Schild an dem Gebäckstand ab, das auf Mimi verwies. Er beobachtete aus gebührender Entfernung, was dort vor sich ging.

Seit er am Vortag den älteren Herren im Antiquariat ausfindig gemacht, ihn unauffällig zu dem Stand geleitet und dann das Wiederfinden von Mensch und Kater beobachtet hatte, war ihm so etwas wie ein begründeter Anfangsverdacht gekommen. Nicht nur nannte sich dieser buckelige

Junge Malachi, auch die Tatsache, daß seine angebliche Großmutter eine verblüffende Ähnlichkeit mit dem Foto der vermißten Merita hatte, ließen in ihm die Überzeugung wachsen, die Gesuchte endlich gefunden zu haben – wenn auch in eigenwilliger Verkleidung. Was seine Theorie erhärtete, war das Auftauchen eines schwarzen Katers, der liebevoll Pippin gerufen wurde.

Obwohl Michael die göttliche Weisung hatte, den Engelbengel so schnell wie möglich wieder in die himmlischen Gefilde zu expedieren, und es ihm als pflichtbewußter Polizist angeraten war, die Großmutter ihrer Familie zu überstellen sowie den flüchtigen Kater in Gewahrsam zu nehmen, konnte er es doch nicht über sich bringen einzugreifen. Schon gar nicht, als er beobachtete, wie sich alle drei um eine weitere, halbverhungerte Streunerkatze kümmerten. Ganz abgesehen davon, waren alle drei auf dem Weihnachtsmarkt überaus beliebt.

Fast jeder Marktbesucher blieb bei Merita stehen und erzählte ihr seine Sorgen oder seine kleinen Freuden. Sie hatte das vermißt, denn in der Bücherei, in der sie gearbeitet hatte, gehörten solche Plaudereien zu ihrem täglichen Geschäft. Ihre große Lebenserfahrung, ihr gütiges Herz und ihre zupackende Art weckten das Vertrauen der Menschen. Malachi aber war von so ausgeglichener engelischer Heiterkeit, die einfach jeden bezauberte. Wer immer den Stand verließ, hatte ein Lächeln auf den Lippen und spürte eine gewisse Leichtigkeit in der Seele. Daß Pippin es sich nun zur Aufgabe gemacht hatte, die Streunerkatze aufzusuchen und zu überreden, sich vermitteln zu lassen, war ebenfalls überaus bemerkenswert.

Kurz und gut, Michael nickte Merita nur freundlich zu und setzte seinen Streifengang fort.

»Verdammt!« murmelte Malachi, und all seine ausgeglichene engelische Heiterkeit war verschwunden.

»Hoppla, mein Junge, was ist denn das für eine Ausdrucksweise? Das habe ich ja noch nie bei dir gehört.«

Merita war weniger empört als überrascht.

»Der sucht mich!« antwortete der Engel und zog die Kappe tiefer in die Stirn.

»Wer?«

»Der Polizist dort!«

»Malachi, du spinnst.«

»Leider nein. Er ist geschickt worden, um mich zurückzuholen.«

Verdutzt sah Merita dem hochgewachsenen, gutaussehenden Streifenpolizisten nach. »Und wer ist das, wenn ich fragen darf?«

»Michael. Einer der Erzengel!«

Merita klappte der Unterkiefer herunter. Als sie ihn wieder unter Kontrolle hatte, stieß sie hervor: »Herr im Himmel!«

»Nee, der schickt ihn nur. Ach, Mist, ich find's hier so richtig schön. Sogar das Backen macht Spaß.«

»Nun, er hat dich ja wohl noch nicht entdeckt. Also mußt du dir keine zu großen Sorgen machen.«

»Noch nicht, aber das wird nicht lange auf sich warten lassen. Unsereins erkennt sich untereinander.«

16.
Ein unerwünschtes Angebot

Lange hielt jedoch Malachis Unbehagen nicht an. Jener Polizist schient tatsächlich kein intensives Interesse an ihm zu haben, er kam zwar jeden Tag auf seiner Runde vorbei und grüßte freundlich, suchte aber weder ein Gespräch, noch verweilte er länger als nötig in ihrer Nähe.

Pippins nächtliche Streifzüge hatten weitere Streunerkatzen überzeugt, sich ihrer Vermittlung anzuvertrauen. Einmal war deshalb eine mißtrauische Vertreterin des Tierschutzvereins erschienen und hatte scharf nachgefragt, woher sie die verwahrlosten Katzen hätten.

»Der Geruch unseres Futters scheint sie anzuziehen!« erklärte Merita geistesgegenwärtig, und da sich gerade eine einäugige Katze vorsichtig schnuppernd der Standecke näherte, schien das die Frau zu überzeugen.

»Es hat nämlich in der letzten Zeit Zwischenfälle gegeben«, erklärte die Tierschützerin etwas besänftigt und sah zu, wie Malachi sich vorsichtig der Einäugigen näherte. »Es sind einige Katzen verschwunden.«

»Was Sie nicht sagen! Hat man herausgefunden, was mit ihnen geschah?« wollte Merita wissen.

»Nein. Sie sind nur nicht wieder aufgetaucht, aber an Unfälle oder Verlaufen können wir inzwischen nicht mehr glauben. Denn es handelte sich immer nur um schwarze Katzen. Wir befürchten einen Vorsatz dahinter.«

»Herr im Himmel!« erwiderte Merita, die an Mimis Hinweis denken mußte, der auf dasselbe Phänomen deutete. »Haben Sie es irgendwo gemeldet?«

»Wir haben es der Polizei gemeldet, aber man hat wenig Handhabe in solchen Fällen. Achten Sie gut auf Ihren schönen Kater!«

Pippin hatte es sich angelegentlich sein lassen, die neue Streunerin zu begutachten, und war dann auf die Theke gesprungen, um seinen Kopf auffordernd an Meritas Arm zu reiben.

»Ja, ja, mein Junge. Wir werden sie auch irgendwo unterbringen.« Zu der Tierschützerin gewandt meinte sie: »Wenn Sie nichts dagegen haben.«

»Gott, warum sollte ich? Wir haben uns gerade in diesen Tagen um soviel tierisches Elend zu kümmern, da bin ich froh, wenn uns jemand ein wenig Last abnimmt. Sieht ja aus, als seien Sie recht erfolgreich!«

Und das waren sie tatsächlich. Die mißratene Siamesin, die ausgesetzt worden war, weil sie dem Zuchtstandard nicht entsprach, war bei einer Freundin von Svenja untergekommen. Eine Buchhändlerin hatte den wuscheligen Rotpelz aufgenommen, der des Hauses verwiesen worden war, weil er angeblich unsauber sei, der aber nur auf die scharfen Putzmittel allergisch reagierte, die sein erstes Frauchen ständig verwendete. Der Friseur fand Gefallen an dem verfilzten Perserkater, der seiner Vorbesitzerin zu viel Arbeit bereitete, und die dreifarbige, traurige Kätzin, die davongelaufen war, als die alte Dame, der sie angehörte, verstarb, versetzte den

Besitzer der Sushi-Bar in hellstes Entzücken. »Maneki-Neko, die Glückskatze!« rief er strahlend, und seine beiden puppengleichen Kinder herzten und hätschelten die Kätzin vom ersten Moment an. Schwer hatte es Pippin mit den beiden Jungkatern gehabt, Wurfgeschwister, die man ausgesetzt hatte, als sie eben entwöhnt waren. Sie hatten bisher nur das freie Leben kennengelernt und weigerten sich zunächst, menschliche Hilfe anzunehmen.

Das änderte sich in der Nacht, als es Glatteis gab, und einer von ihnen von einem rutschenden Auto erfaßt wurde. Malachi hatte alle Hände voll zu tun, den kleinwüchsigen Kater am Leben zu erhalten. Sein Bruder saß vollkommen verstört daneben und leckte dem Verletzten ständig die Pfoten.

Danach hatten sie sich entschlossen, mit Pippin zum Stand zu ziehen.

Merita fand eine ideale Lösung für sie. Eine Familie, die eine Gärtnerei betrieb, faßte eine spontane Zuneigung zu den beiden Rackern, und der große Garten würde ihnen genügend Freilauf lassen, damit sie sich nicht eingeengt fühlten. An kalten Tagen stand ihnen auch das warme Gewächshaus zur Verfügung.

Erst am Montag nach dem dritten Advent gab es keine Katzen mehr zu vermitteln, und Pippin nahm seinen verkaufsfördernden Platz auf der Theke ein. Er war inzwischen ein richtig gutaussehender Kater geworden und stolz auf seinen strammen Bauch und das Spiel seiner Muskeln unter dem dichten, blauschwarz schimmernden Fell.

In den späten Nachmittagsstunden, als Malachi wieder zu Einkäufen unterwegs war, trat ein Mann in einem grauen Mantel an den Stand und grüßte Merita höflich.

»Ich habe gehört, Sie vermitteln herrenlose Katzen.«

Pippin richtete sich in seinem Korb auf und brummte drohend, was Merita ein wenig irritierte.

»Wenn uns eine zuläuft, kümmern wir uns um sie, das ist richtig«, antwortete sie dem Mann zurückhaltend.

»Diesen Kater hier würde ich gerne nehmen!« äußerte der Mann und deutete mit dem Finger auf Pippin, der daraufhin die Ohren anlegte und leise fauchte.

»Tut mir leid, aber Pippin ist nicht zu vermitteln. Er gehört zu uns.«

»Ach ja? Nun, dann würde ich Ihnen diesen Kater gerne abkaufen.«

»Und zu verkaufen ist er erst recht nicht!« antwortete Merita, schon etwas gereizter.

»Nein? Auch nicht für ... sagen wir zweihundert Euro?«

»Für kein Geld der Welt, mein Herr.«

»Dreihundert?«

»Hören Sie, ich glaube, ich habe mich sehr klar ausgedrückt. Pippin ist unsere Katze. Er ist nicht käuflich zu erwerben.«

»Wie schade! Er ist so ein Prachtexemplar«, säuselte der graue Mann und betrachtete Pippin mit einem flackernden Blick.

Der Kater zuckte zurück und fauchte erneut.

Der Mann im grauen Mantel trat etwas näher und hob die Hand.

Pippin schlug zu.

»Au! Satanstier!« zischte der Mann und sah auf die langen Kratzer, die heftig zu bluten begannen.

»Er hat sie gewarnt. Wenn Sie auch nur das geringste von

Katzen verstünden, hätten Sie das erkannt. Gehen Sie da drüben in die Apotheke und lassen Sie die Hand verbinden«, beschied ihn Merita kalt. Der Mann mit dem grauen Gesicht wandte sich wortlos ab, um mit großen Schritten davonzustürmen.

Malachi hatte ein ungutes Gefühl. Irgendwie klingelte es in seinen Ohren, und er vermeinte einen Ruf von Pippin zu hören. Schnell bezahlte er seine Einkäufe und rannte los. Unaufmerksam wie er dabei war, stieß er gegen einen Mann in einem grauen Mantel, der dabei ins Stolpern geriet.

»Mir aus dem Weg, du unnützer Krüppel!« schäumte der Mann und packte ihn grob an den Schultern, um ihn zur Seite zu schieben.

Malachi bedachte ihn allerdings nur mit einem engelhaften Lächeln: »Krüppel mag sein, aber ansonsten bin ich ziemlich gesund!«

Ein schwarzer Schuh stand plötzlich auf seinem Fuß und verhinderte einen derben Tritt ans Schienbein des grauen Mannes.

»Ich denke«, der Polizist, der aus dem Nichts aufgetaucht zu sein schien, wandte sich an den Mann, »es wäre nur mehr richtig, wenn Sie sich bei dem Jungen entschuldigen würden. Er ist weder mit Absicht in Sie hineingerannt, noch trägt er mit Absicht diese Behinderung.«

»Den Teufel werde ich tun!« fuhr ihn der Graue an, machte sich los und verschwand in der Menge.

Der Polizist sah ihm nachdenklich nach, und Malachi benutzte die Gelegenheit, sich ebenfalls zu verdrücken. Als er am Stand ankam, fand er Merita, die beruhigend auf Pippin einredete, dessen Schwanz es aber noch immer mit jeder Flaschenbürste aufnehmen konnte, so gesträubt war er.

»Was ist denn hier vorgefallen?«

»Da war ein Mann, der Pippin kaufen wollte.«

»Etwa der Typ in dem grauen Mantel?«

»Genau der! Er gefiel mir überhaupt nicht. Er hatte häßliche Augen.«

»Und einen häßlichen Geruch, sagt Pippin. Und ein häßliches Mundwerk, wie ich feststellen konnte.«

Ahmet kam von nebenan und meinte kopfschüttelnd: »Passen Sie lieber auf, Frau Merita! Der Mann, der eben bei Ihnen war, hat schon ein paarmal drüben hinter dem Gewürzstand herumgelungert und zu Ihnen hingestarrt.«

»Das habe ich nicht bemerkt, aber ich werde jetzt auf jeden Fall darauf achten.«

»Machen Sie diesen netten Polizisten auf ihn aufmerksam.«

»Eine gute Idee.«

»Und, Malachi, kommst du heute abend wieder zum Trommeln? Die hübsche Svenja hat schon dreimal nachgefragt.«

Malachi wurde ein wenig rot unter seiner Kappe und grinste verlegen. »Klar, ich komme. Wenn ich darf, Großmutter.«

»Natürlich, Junge. Ich passe schon auf Pippin auf.«

»Pippin sagt, du sollst ihn nicht so betutteln, er kann auf sich selbst aufpassen.«

»Dann bitte ihn, daß er mich ein bißchen betuttelt, ich bin schließlich eine alte Frau mit müden Knochen.«

»Oh, sagt er, das stimmt aber nicht!«

Dennoch schmiegte der schwarze Kater sich an Merita und schnurrte.

Svenja schwärmte ein wenig für den Jungen, der so unglaublich gut mit all den Rhythmusinstrumenten umgehen konnte. Sein krummer Rücken störte sie überhaupt nicht. Sie empfand noch nicht einmal Mitleid mit ihm, dafür war er immer viel zu gut gelaunt. Wenn er trommelte, schlug sie das Tamburin, und manchmal gesellte sich Ahmet mit der großen Rahmentrommel dazu. Sie waren ein gutes Team, und wann immer der Schulchor auf dem Marktplatz Weihnachtslieder sang, durfte Malachi sie begleiten.

Am Donnerstag allerdings hatte sich der Chor der Heilsarmee um den Tannenbaum versammelt und gab frommes Liedgut von sich.

»O Gott!« grummelte Merita zu Svenja, die ihr beim Verpacken der Katzenkekse half. »Ihr Kinder singt weitaus besser.«

»Wie wahr!« sagte Malachi und lachte auf. »Der Chorleiter erinnert mich an jemanden, den ich mal kannte. Der sah auch aus wie ein zerrupfter Hühnerhabicht und hatte genausoviel drive!«

»Vermutlich der Chorleiter, der dich rausgeworfen hat?« mutmaßte Merita mit einem verständnisvollen Lächeln.

»So ähnlich!«

Svenja hingegen kicherte über den Hühnerhabicht und meinte dann: »Wollen wir seinen Chor nicht mal aufmischen?«

»Ich weiß nicht, wie er das aufnimmt.«

»Na, zumindest kann er dich nicht rauswerfen.«

»Das ist wohl wahr.«

»Und schlimmer als das, was sie jetzt vor sich hin wimmern, kann es wohl auch nicht werden!«

Mit Meritas schmunzelnder Erlaubnis gingen die beiden zu Ahmet, der ihnen, ebenfalls schmunzelnd, die Instrumente aushändigte. Dann begaben sie sich in die Nähe des Chores, der eben ein ganz besonders langatmiges Werk mit vielen, vielen Strophen anstimmte. Erst leise und durchaus im angepaßten Tempo begannen die beiden ihre rhythmische Unterstützung. Der Chorleiter bemerkte nichts davon. Er war von seiner wichtigen Aufgabe, die träge Gruppe zu dirigieren, so durchdrungen, mußte mit großen Gesten seine tiefe Hingabe an die Kunst demonstrieren, daß ihm überhaupt nicht zu Bewußtsein kam, wie sich ganz allmählich das Tempo änderte. Nach einer Weile schenkte ihm auch kein Chormitglied mehr irgendeine Aufmerksamkeit, sondern alle Augen wandten sich dem Mädchen und dem buckeligen Jungen zu, die immer lauter und fröhlicher ihren Gesang unterstützten.

»He, du da, mit dem blauen Pullover. Lauter! Du kannst so viel besser singen!« rief Malachi einer blassen jungen Frau zu. Sie sah ihn schüchtern an, machte aber den Mund etwas weiter auf. Ein glockenheller Sopran übertönte die anderen Sänger.

»Esther, halt dich zurück!« fuhr der Hühnerhabicht sie an, und verschreckt schloß sie den Mund wieder.

Der Chor begann ein neues Lied – und lähmend langsam wehte auf dem Berge der Wind.

»Gleich fallen dem Baum vor lauter Langeweile die Nadeln von den Zweigen. Auf, Malachi, hau rein!« forderte

Svenja ihn auf. Der Engel hob noch einmal die Augen zu der Sängerin mit dem schönen Sopran. Sie hielt seinem Blick stand, schien daraus irgendeine wunderbare Kraft zu schöpfen, und als Svenja und Malachi ihr den Einsatz gaben, da erhob sich ihre reine Stimme in die klare Winterluft und webte wunderbar silberne Fäden.

Die Menschen hielten inne, um zu lauschen, die Händler kamen aus ihren Buden, die Ladenbesitzer aus ihren Geschäften, den Glühweintrinkern wurde der Wein kalt, und die beiden Streifenpolizisten blieben wie angewurzelt stehen.

Als das Lied zu Ende war, da weinten nicht nur die Engel.

Nur einer kümmerte sich nicht um das kleine Wunder, das da geschehen war. Im Gegenteil, er nutzte die Gelegenheit, daß sich jede Aufmerksamkeit auf den Chor konzentrierte.

17.
Entführung

Malachi, das war doch nicht nur der Zauber der Trommel.« Merita sah ihren Enkelengel kopfschüttelnd an.

»Na ja, nicht nur, aber es hat doch nichts geschadet.«

»Nein, das hat es wirklich nicht. Könntest du jetzt aber trotzdem noch eine Runde Käse-Knuspis backen? Unser Vorrat geht zur Neige.«

»Natürlich. Wo ist eigentlich Pippin, Großmutter?«

»Liegt er nicht ... Oh! Seltsam. Er ging kurz nach euch fort ...«

»Und ist noch nicht zurück?«

Das war ungewöhnlich, denn tagsüber verließ Pippin wegen des Gedränges auf dem Markt immer nur sehr kurz den Stand.

Malachi schloß die Augen, um sich auf den Kater zu konzentrieren, doch er empfand nur eine beklemmende Leere.

»Da stimmt etwas nicht, Großmutter. Ich seh' mal nach.«

Schon war er draußen und betrachtete die Spuren im Schnee. Leider jedoch war alles so festgetreten, daß nicht mehr viel zu erkennen war. Immerhin kannte Malachi die Route, die Pippin für gewöhnlich nahm, und folgte ihr. Weit war er nicht gekommen, da maunzte es hinter dem Fenster des Friseurladens. Er sah auf und erkannte die Perserkatze, die sie vermittelt hatten. Ihr Fell glänzte und bauschte sich flauschig um sie herum.

»Suchst du wen?« fragte sie.

»Pippin ist fort!«

»Schlecht. Er ist ein Schwarzer. Gib acht auf ihn! Ritzard ist unterwegs, er wird dir helfen!«

Malachi nickte. Das war eine hilfreiche Auskunft, und tatsächlich strich der braune Kater durch eine stille Seitenstraße.

»Ritzard, hast du Pippin gesehen?«

»Gesehen nicht, aber seine Marke gerochen. Er hatte es eilig.«

»Ich fürchte, er ist in Gefahr. Ein Mann in einem grauen Mantel hat sich ziemlich auffällig für ihn interessiert.«

In Ritzards goldenen Augen glomm ein Funke auf. »Er wird ihn nicht kriegen.«

Der Kater rannte los, hielt an einer Mauerkante, um eine Nachricht abzuschnüffeln, beschnupperte auch den Boden und wies dann auf eine schmale Gasse.

»Da hinten rein! Los!«

»Halt, Ritzard. Lauf zum Stand und hol Hilfe. Merita wird dich verstehen!«

»Ja. Ist eine kluge Frau!«

Ritzard mußte nur einige Male laut maunzen, da hatte Merita auch schon den Backofen ausgemacht und war aus der Hütte getreten. Svenja kam ebenfalls angelaufen.

»Es ist etwas mit Pippin. Ich fürchte, man hat ihn entführt!« erklärte Merita.

Ahmet sprang auf und schloß sich ebenfalls der Gruppe an, die Ritzard folgte.

Der Geruch frischer Katzenminze hatte seine Neugier geweckt, als Pippin aus dem Marktstand nach draußen trat. Im Winter, im Schnee – und dann frische Katzenminze! Das war so verlockend und so erstaunlich, daß er dieses Phänomen einfach erkunden mußte. Er kannte sich ja aus im Revier. Weit konnte die Quelle dieses Genusses nicht sein. Ihn verwunderte allerdings, daß der Duft ihn von dem Gewürzstand wegführte. Die Gier vernebelte jedoch seinen Verstand, und er folgte der Köstlichkeit, die sich immer weiter entzog, je näher er ihr zu kommen schien. Schon hatte er eine schmale Gasse betreten, in der er zuvor noch nie gewesen war. Er schritt sie bis zum Ende hinunter. Hier standen nur noch einige Garagen und eine häßliche Wellblechhütte. Genau dahin geleitete ihn seine Nase. Wirklich, dort stand ein Topf mit frischer Katzenminze, grün und saftig, Und daneben ein Schälchen mit lauwarmer Sahne.

Er machte sich darüber her.

Und dann nahm er ein Bad in der Minze.

Und dann schlief er plötzlich ein und sank in tiefe Bewußtlosigkeit.

Malachi sah die häßliche Wellblechhütte, und er erkannte den Mann, der daraus trat, um sich über ein schwarzes, schlaffes Bündel zu beugen.

»Halt!« schrie er und rannte los. Der Mann in dem grauen Mantel schickte ihm einen bösen Blick, packte den Kater und verschwand hinter den Garagen. Malachi wollte ihm folgen, aber hinter ihm waren nun Merita, Svenja und Ahmet eingetroffen. Ritzard, ziemlich außer Atem, denn

Katzen sind Sprinter und keine Langstreckenläufer, hechtete mit letzter Kraft auf das Dach der Hütte.

»Läuft Richtung Fluß!« keuchte er.

Svenja drehte sich um. »Da runter!«

Sie lief los, Malachi holte auf.

»Ich kenne mich hier aus!« schnaufte Svenja, aber sie begriff schnell, daß Malachi die bessere Kondition hatte. »Halt dich links!«

Der graue Mann überquerte bei einer roten Ampel mit großen Schritten eine belebte Straße, und das wäre beinahe seine Chance gewesen, seine Verfolger abzuschütteln.

Malachi mußte Svenja im letzten Moment vor einem Auto zurückreißen. Dann spurtete er mit einer geradezu überirdischen Geschicklichkeit durch die Lücken im Verkehr.

Kurz darauf war er dem Grauen wieder auf den Fersen. Jetzt erkannte er auch dessen Ziel. Er wollte zur Brücke, die sich hoch über den Fluß spannte. Für die Fußgänger führte eine Steintreppe nach oben, und hier hätte er den Entführer fast erwischt, denn der Mann strauchelte auf den schneeglatten Stufen. Es gelang ihm jedoch, Malachi, der nach ihm griff, einen Tritt zu versetzen, so daß der Engel ebenfalls die Treppe hinabrutschte.

Dieser Zwischenfall hatte auch die anderen wieder näher kommen lassen. Ihnen hatten sich mittlerweile weitere Menschen angeschlossen. Svenja war schon fast wieder bei Malachi angelangt.

Oben auf der Brücke passierte es dann.

Der Mann im grauen Mantel blieb stehen, beugte sich über das Geländer und packte den bewußtlosen Kater bei den Hinterbeinen. Mit einem großen Schwung warf er ihn hinunter.

Malachi hatte sich, ohne überhaupt nachzudenken, das Sweatshirt über den Kopf gerissen und es Svenja zugeworfen.

Mit einem eleganten Sprung sprang er von der Brücke. Sein schlanker Knabenkörper leuchtete hell gegen die dunklen Wolken, die weißen Flügel schimmerten weiß, als er sie ausbreitete, golden glänzten seine Locken in ihrer Aura. Pfeilschnell glitt er abwärts, und kurz bevor der Kater auf das Wasser aufschlug, hielt er seine schützenden Hände unter ihn. Trotzdem wurden beide von dem eiskalten Wasser durchnäßt. Der Schrecken weckte Pippin kurzfristig auf, und mit verschleierten Augen murmelte er: »Schönes Geflügel!«

»Verdammt!« rief Malachi und entzog sich, so schnell er konnte, den menschlichen Blicken, indem er sich unter den Brückenbogen begab. Dort legte er den schwarzen Kater vorsichtig ab und schüttelte die Flügel aus. Dann biß er sich auf die Lippe und überlegte, wie er sich am geschicktesten aus der Affäre ziehen sollte.

»Zieh das über, Junge!«

Panik glänzte in Malachis Augen auf, als er den Polizisten erkannte, der ihm seine Lederjacke hinhielt.

»Schon gut, nur das Mädchen hat es richtig gesehen. Und die ist recht gescheit.«

Malachi faltete die Flügel zusammen und versteckte sie unter der viel zu großen Jacke. Um den Kopf wickelte er sich den Wollschal des Polizisten.

»Du ... du bist nicht zufällig hier, Michael?«

»Nein, nicht zufällig.«

»Du ... wußtest, wer ich bin?«

»Seit ungefähr zwei Wochen.«

»Du ... du sollst mich nicht zurückbringen?«

»Gewiß, aber ich dachte, ein paar Tage Ferien unter den Sterblichen würden dir Spaß machen. Keine Sorge, dich erwartet oben nicht das Jüngste Gericht. Aber darüber können wir später reden. Jetzt liefere ich erst einmal den Kater bei deiner Adoptivgroßmutter ab – die ich eigentlich auch nach Hause bringen sollte. Und du machst dich auf dem kürzesten Weg zu eurer Unterkunft. Ich kläre diesen ungewöhnlichen Vorfall schon mit den Leuten.«

Merita und Svenja waren die beiden einzigen, die dem Polizisten äußerst skeptisch zuhörten, als er behauptete, er habe den durchnäßten Pippin am Flußufer gefunden und herausgezogen. Merita, weil sie wußte, welche Fähigkeiten Malachi hatte, und Svenja, weil sie noch immer ganz fest das Sweatshirt an sich gedrückt hielt. Sie machte sich ihre ganz eigenen Gedanken, und glücklich war sie nicht dabei.

18.
Eine Rückkehr

Pippin war überaus kleinlaut, als er endlich aus seinem Betäubungsschlaf aufwachte. Er fühlte sich elend und irgendwie an allem schuldig. Merita und Malachi hatten alle Mühe, ihn wieder in einen selbstbewußten Kater zu verwandeln.

»Immerhin, Ahmet hat den Mann im grauen Mantel überwältigt, und die Polizei hat seine Personalien festgestellt. Einige, die den Verdacht haben, er könne es auch gewesen sein, der ihre schwarzen Katzen entführt und umgebracht hat, haben Anzeige gegen ihn erstattet.«

Merita hatte den Kater auf dem Schoß sitzen und kraulte ihm seine Lieblingsstelle zwischen den Ohren.

»Warum, Großmutter? Warum macht ein Mensch so etwas?«

»Der Mann ist krank. Er hat behauptet, er fühle sich von Dämonen in Gestalt schwarzer Katzen verfolgt. Er hat panische Angst vor ihnen. Das ist natürlich keine Entschuldigung für sein Verhalten. Leider weiß ich auch nicht, ob so etwas heilbar ist.«

»Nein, das weiß man nicht. Er wird den Dämonen in sich besiegen müssen. Dazu braucht er Anleitung. Hoffentlich findet er sie.«

Malachi hatte in der Abgeschiedenheit ihres Zimmers

seine Flügel ausgebreitet und bearbeitete das zerzauste Gefieder mit allen zehn Fingern.

»Malachi – gibt es denn Dämonen?« fragte Merita nach einer Weile.

»Gibt es Engel?« fragte er zurück.

»Offensichtlich.«

»Richtig, aber genausowenig, wie wir uns üblicherweise auf die Erde verirren, tun es für gewöhnlich auch die Dämonen. Aber dann und wann passiert es und wenn sie einen schwachen Menschen finden, dann schleichen sie sich in dessen Seele. Ein starkes Wesen kann sie jedoch vertreiben.«

»Dieser Michael, der hat dir geholfen, nicht wahr?«

»Ja. Er hat die Aufgabe, mich zurückzuholen. Ich werde euch wohl sehr bald verlassen müssen.«

Merita seufzte, und auch Pippin gab ein bedauerndes Maunzen von sich.

»Bis Weihnachten darf ich aber noch bleiben.«

»Auch ich muß mir überlegen, was ich tun soll. Der Weihnachtsmarkt endet am Heiligabend. Danach werde ich wohl wieder zu meinem Sohn zurückkehren müssen.« Merita lächelte traurig.

Pippin richtete sich auf.

»Warum backst du nicht weiter Katzenkekse, will Pippin wissen?«

»Dazu müßte ich entweder einen Laden aufmachen oder von Markt zu Markt ziehen. Ich weiß nicht, ob ich das ein ganzes Jahr lang machen möchte. Die vergangenen Wochen waren zwar lustig und abwechslungsreich, doch auch sehr anstrengend. Außerdem vermisse ich meine Bücher, und, ehrlich gesagt, hätte ich auch ganz gerne mal wieder warme Füße.«

»Die beiden letzten Tage machen wir aber noch weiter, Großmutter? Bitte!«

»Natürlich, Malachi.«

So standen sie am Freitag wie üblich an ihrem Stand, backten, verpackten, verkauften und mußten sich immer wieder anhören, wie mutig sie sich bei der Entführung des Katers und der Identifizierung des Katzenentführers verhalten hatten. In der Spendenkasse in Form einer dickbäuchigen Katze, die der Töpfer ihnen geschenkt hatte, sammelten sich Scheine und Münzen.

Am Nachmittag kam der freundliche Streifenpolizist vorbei und blieb eine Weile bei ihnen stehen. Mit einem kleinen Lächeln in den Augenwinkeln fragte er Merita: »Werden Sie die Feiertage mit Ihrer Familie verbringen?«

»Werde ich wohl.«

»Sie hören sich nicht begeistert an.«

»Tut mir leid, wenn es so klingt.«

Merita sah den Polizisten bei ihren Worten nicht an, denn sie war sich darüber im klaren, daß er ihren Verdruß darin sehen würde. Über die engelischen Fähigkeiten, durch die Augen des Menschen in seine Seele schauen zu können, wußte sie inzwischen ziemlich gut Bescheid.

»Ich habe, wie es meine Aufgabe als Polizist ist, selbstverständlich Ihre Schwiegertochter aufgesucht, Merita«, erklärte er sanft.

»Ja, natürlich. Ich hoffe, die Kleine hat meine Nachricht ausgerichtet, die ich ihr am Telefon aufgegeben habe.«

»Nein, das hat sie nicht.«

Meritas Schultern sanken herab. »Ich bin pflichtvergessen, ich weiß.«

»Ihr Sohn ist ein erwachsener Mann, der recht gut verdient. Ist Ihnen schon einmal die Idee gekommen, daß er sich durchaus eine Putzfrau und ein Kindermädchen leisten könnte?«

»Hat eine Mutter nicht ein Leben lang Verantwortung für ihre Familie zu tragen?«

»Nehmen Sie sich einmal ein Beispiel an dem, was gleich passiert!« schlug Michael ihr vor und verschwand wieder einmal plötzlich in der Menge.

Pippin maunzte zu Meritas Füßen. Sie drehte sich um und sah nach unten. Am Einschlupf kauerte eine alte, graubraune Kätzin, die ein kleines, schildpattfarbenes Bündelchen in ihrem Maul hielt. Braun, cremefarben und rot war das seidenweiche Fell gemustert, doch das linke Hinterpfötchen war ganz cremefarben.

Auch Malachi drehte sich um und bückte sich sofort, um ihr das Bündelchen abzunehmen.

»Lena sagt, es sei ihr eine zu große Last, sich um das Würmchen zu kümmern«, übersetzte er. »Sie ist dummerweise im Spätsommer noch mal rollig geworden. Zum Glück bestand der Wurf nur aus diesem einen Kätzchen. Sie hat gehört, wir würden uns darum kümmern.«

»Aber natürlich, Lena. Und um dich auch!«

»Sie selbst will das nicht mehr. Sie ist zu alt und zu müde.«

Merita kniete sich nieder und betrachtete die alte Kätzin. Sie hielt ihrem Blick stand, aber in ihren Augen lag eine unendliche Erschöpfung.

Zärtlich streichelte Merita das rauhe Fell und kraulte sie leise murmelnd.

»Sie will auch kein Futter mehr, sie möchte nur ihre Ruhe haben«, flüsterte Malachi. »Keine Sorge, Merita, ich werde sie begleiten. Aber erst soll sie sehen, wie wir uns um ihr Kleines kümmern. Rufst du Svenja eben mal zu uns, Großmutter?«

»Sie will doch keine Katze, Malachi.«

»Weiß man's?« fragte er mit einem kleinen Kichern.

Svenja kam eifrig auf Meritas Wink hin angelaufen.

»Eine Katzenmutter hat ihr Kleines bei uns abgeliefert. Es ist wohl kaum acht oder neun Wochen alt. Ist es nicht niedlich!«

Vorsichtig hob Merita das Geschöpfchen hoch und setzte es auf die Theke. Svenja erstarrte und schluckte dann. Das Kätzchen blieb ganz ruhig sitzen und gab leise Schnurrlaute von sich.

»Mumuscha?« hauchte das Mädchen. »Mumuscha?«

Das Kleine erhob sich und machte einen Schritt auf Svenja zu. Das Mädchen nahm es auf und drückte es an seine Brust. Heiße Tränen kullerten über seine Wangen.

»Psst, Svenja. Jede Katze verdient ihren eigenen Namen«, erklärte Malachi ihr leise.

»Sie hat aber sogar das cremefarben Hinterpfötchen«, flüsterte Svenja und streichelte das seidige Pelzchen, das sich voller Vertrauen an ihren Pullover kuschelte.

»Höre trotzdem auf sie! Sie wird dir ihren Namen schon noch nennen.«

»Ja, danke, Malachi.«

Seit dem Ereignis am Vortag war Svenja dem buckeligen

Jungen gegenüber sehr scheu geworden und wandte sich nun lieber an Merita.

»Darf ich es haben?«

»Sicher. Die Katzenmutter hat es hier abgegeben, damit wir uns darum kümmern. Bei dir wird es das Kleine wohl sehr gut haben.«

Svenja lächelte schon wieder unter Tränen: »Das können Sie wohl glauben!« Dann lief sie zu ihrer Mutter und sprudelte über vor Begeisterung.

Der Korbmacher schenkte ihr ein besonders schönes Körbchen.

Malachi und Pippin verschwanden nach einer Weile mit der alten Kätzin, und Merita machte gedankenverloren das letzte Backblech fertig. Was hatte Michael damit gemeint, sie würde aus dem Geschehen etwas lernen? Daß eine Mutter die Verantwortung für ihre Kinder auch abgibt, um ihren eigenen Weg zu gehen? Der Weg, den die alte Kätzin nun ging, war sicher noch lange nicht der ihre. Sie war gesund, energisch und voller Tatkraft. Es gab so viel mehr zu tun, als Enkelkinder zu hüten, die Wohnung ihres Sohnes zu putzen und für die Familie zu kochen. Sie könnte sich eine eigene Wohnung nehmen, sich im Tierschutz engagieren, als ehrenamtliche Bibliothekarin arbeiten, Lesungen organisieren, Reisen unternehmen und gelegentlich ihren Sohn besuchen – für ein paar Tage.

Ja, das könnte sie machen.

Das mit der Einsamkeit würde sich vermutlich bald legen.

»Merita? Merita, bist du das wirklich?«

Eine gepflegte ältere Dame blieb an dem Stand stehen und betrachtete die mehlbestäubte Bäckerin über ihre modische Lesebrille hinweg, die weit vorne auf ihrer recht großen Nase saß.

»Herr im Himmel! Hetty!« Merita legte den Topflappen nieder und strahlte die Dame an.

Hetty nahm ihre Hände und meinte: »Na, also dich hätte ich beinahe nicht erkannt. Du siehst ja um Jahre jünger aus. Als wir uns das letzte Mal gesehen haben, hatte ich mich schon gewundert, ob dir der Ruhestand so gar nicht bekommt. Oh – Katzenkekse! Eine interessante Idee.«

»Na ja, mit irgendwas muß ich mich ja über Wasser halten. Du mußt wissen: Ich bin von zu Hause abgehauen.«

»Das wurde auch Zeit. Aber warum bist du hier und hast einen Marktstand? Na ja, originell ist das allemal. Und was für ein seltsamer Zufall! Nur weil Ingrid sich unbedingt einen handgenähten Bettüberwurf wünscht, bin ich in diesen Ort gekommen. Hier gibt es nämlich eine Werkstatt für derartige Dinge. Und weil ich noch etwas Zeit hatte, bis der Zug abfährt, bin ich über den Markt gebummelt. Seltsamerweise habe ich in den vergangenen Tagen viel an dich gedacht.«

Merita lächelte ihrer Freundin zu. »Ja, ich habe auch an euch gedacht. Ich habe sogar überlegt, ob ich euch überfallen sollte und mich ein paar Tage bei euch einniste.«

»Hast du meinen letzten Brief nicht bekommen?«

»Den Brief vom November, in dem ihr mich eingeladen habt?«

»Den danach nicht?«

»Ich bin seit dem ersten Advent nicht mehr ... erreichbar gewesen.«

»Oh, das erklärt einiges. Wir wollten nämlich unbedingt mir dir sprechen, Merita. Wo Ingrid doch jetzt auszieht.«

»Ingrid zieht aus? Sie hat doch hoffentlich keine gesundheitlichen Probleme?«

»Im Gegenteil. Sie heiratet noch einmal!«

»Was du nicht sagst!«

Hetty schaute auf die Uhr. »Das erzähle ich dir später. Mein Zug geht gleich. Kurzum, wir wollten dich fragen, ob du ihre Wohnung in unserem Haus übernehmen möchtest. Und selbstverständlich ihren Anteil an Gartenarbeit.«

Merita schüttelte den Kopf, als müßten sich ihre Gedanken erst wieder neu ordnen. »Doch, das wäre eine Lösung. Aber ... hättet ihr etwas dagegen, wenn ich einen schwarzen Kater mitbringen würde?«

»Wenn er bereit ist, sich mit unserer roten Kätzin zu arrangieren. Haus und Garten sind groß genug.«

»Hetty, wann kann ich kommen?«

»Gleich, wenn du willst.«

»An Heiligabend.«

»Schön. Dann besprechen wir alles Weitere. Ciao!«

Ein Hauch von ihrem blumigen Parfüm, das mitten im Winter den Frühling versprach, blieb noch in der kalten Luft hängen, als Hetty bereits außer Sicht war.

Merita hauchte leise und dankbar: »Herr im Himmel!«

»War es das, was Sie sich wünschten?« fragte Michael, der kurz darauf zum Stand zurückkehrte.

»Haben Sie da nachgeholfen?« fragte Merita zurück.

»Nein – außer vielleicht mit einem ganz kleinen Stups, den ich Hetty vorhin in Richtung Ihres Standes gab. Ingrid hat wirklich einen neuen Partner gefunden, und die beiden anderen Frauen haben tatsächlich darüber nachgedacht, Ihnen die Wohnung anzubieten. Sie, Merita, haben jetzt nur Ihre Chance wahrgenommen.«

Auf eigenartige Weise erleichtert, schnaufte Merita und holte das letzte Blech aus dem Ofen.

»Meine Arbeit hier ist beendet. Malachi wird mich verlassen, alle Streuner sind vermittelt, und das kleine Kätzchen hat ein gutes Zuhause gefunden. Seine Mutter ist vermutlich bereits in einer anderen Welt.«

»Malachi und Pippin haben sie auf den Weg zu den Goldenen Steppen gebracht. Er ist ein guter Engel, der Bengel. Ich denke, er wird zukünftig eine befriedigende Aufgabe übernehmen. Dann wird er auch weniger Unsinn anstellen.«

»Und die Finger aus der Götterspeise lassen?«

Michael lachte. »Hat er Ihnen sogar das erzählt!«

»Hat er! Wenn ich es richtig verstanden habe, wird er morgen in der Kirche mit Svenjas Chor auftreten. Solange darf er doch sicher noch bleiben.«

»Natürlich. Wir wollen uns doch ein Bild von seinen Fähigkeiten machen.«

»Wir?«

»Der Herr im Himmel und die Leiter der Engelschöre.«

»Weiß Malachi das?«

»Nein, und Sie schweigen auch am besten darüber.«

»Herr im Himmel!« wiederholte Merita ehrfürchtig.

19.
Abschiedskonzert

Am Vormittag des Heiligabend hatten sie gemeinsam den Marktstand aufgeräumt, Kassensturz gemacht, der Tierschützerin eine prall gefüllte Sparkatze überreicht und die letzten Katzenkekse verschenkt. Sie hatten sich von ihren Standnachbarn verabschiedet, Merita hatte die Zimmer bezahlt, ihre Reisetasche gepackt und mit Pippin ein langes Gespräch geführt. Malachi brauchten die beiden nicht mehr als Dolmetscher. Der Kater hatte eine innige Zuneigung zu der Frau gefaßt, die ihm seine Freiheit ließ und dennoch für ihn sorgte, wenn er hungrig und müde und manchmal auch reichlich schmutzig von seinen Streifzügen zurückkam. Er hatte beschlossen, sie zu begleiten, und war nach einigem Zögern mit dem Transportkorb einverstanden.

Merita hatte auch bei ihrem Sohn angerufen, sich geduldig seine Vorwürfe angehört und ihm dann mitgeteilt, sie wolle die Weihnachtstage bei ihren Freundinnen verbringen, danach für eine Woche vorbeikommen und ihren Umzug vorbereiten. Da er ziemlich sprachlos reagierte, gab sie ihm die Adresse an, unter der sie zu erreichen war, und wünschte ihm ein friedliches Fest.

»Ja, wenn das deine Entscheidung ist, Mutter ...«, stammelte er.

»Das ist meine Entscheidung. Auch Mütter werden mal erwachsen.«

»Scheint so. Nun vielleicht war es doch nicht die allerbeste Idee, bei uns zu wohnen. Wir waren wohl ziemlich selbstsüchtig. Dann wünsche ich auch dir schöne Weihnachten. Alles andere klären wir dann, wenn du bei uns bist.«

Zufrieden mit sich schlenderte Merita danach zum Bahnhof und kaufte sich ihre Fahrkarte. Sie verstaute ihre Tasche in einem Schließfach und machte sich auf den Weg zur Kirche, wo die Kinder ihren Auftritt hatten.

Es war gedrängt voll, aber Svenjas Mutter hatte ihr einen Platze in der ersten Reihe freigehalten. Sie hatte auch den Katzenkorb mit Pippin beaufsichtigt, der darin gemütlich geschlummert hatte.

»Svenja ist überglücklich mit dem kleinen Kätzchen. Es ist aber auch ein ganz süßes Tier und unserer verstorbenen Mumuscha erstaunlich ähnlich.«

»Schön, daß es ihr bei Ihnen gutgeht.«

Mehr wollte Merita nicht dazu sagen, da sie nicht wußte, wieviel Svenja ihrer Mutter von den Goldenen Steppen und der Rückkehr der geliebten Katzen erzählt hatte. Außerdem versammelten sich nun auch die Sängerinnen und Sänger. Sie hatten alle lange weiße Gewänder an, und einer von ihnen trug sogar schimmernde Engelsflügel.

Malachi mit seiner Trommel zwinkerte Merita verschwörerisch zu.

Es wurde ein prachtvolles Konzert. Mal klangen die Lieder anrührend und gefühlvoll, dann wieder wurden sie beschwingt und fröhlich, ja geradezu mitreißend. Malachi hatte der begabten Gruppe zu einem unbeschreiblichen

Temperament verholfen, und mit strahlendem Gesicht bearbeitete er seine Trommel.

Hoch oben lauschte der Herr im Himmel ebenfalls dem hinreißenden Gesang, und seine engelischen Chorleiter mußten mit blankem Erstaunen feststellen, wie er dabei vergnügt mit den Fingern schnippte.

»Ja, ich denke, das werden wir hier auch einführen. Das Universum braucht einen neuen Rhythmus. Lernt von dem Engelbengel, wenn er wieder hier oben ist.«

Aber bis dahin mußte sich der Herr im Himmel noch einen kleinen Augenblick gedulden.

In der Sakristei, wo sich Malachi zurückgezogen hatte, um sich nicht weiter in seinem Engelsgewand sehen zu lassen, fanden sich Merita, Pippin und Svenja ein.

»Du warst die beste Großmutter, die sich ein Engel wünschen kann!« sagte Malachi und ergriff Meritas Hände. »Es fällt mir schwer, dich zu verlassen.«

»Ja, mein Junge. Wir hatten eine aufregende Zeit miteinander. Ich werde an dich denken.«

»Ich auch, und wenn du zum Himmel aufschaust und einen flimmernden Stern siehst, dann lausche auf die Musik, die von dort kommt.«

Malachi küßte ihre Wangen, und sie drückte ihn einmal fest an sich. Dann nahm er Pippin auf den Arm und streichelte ihn zwischen den Ohren. »Du bist ein Großer unter den Katzen, ein Weiser wirst du auf den Goldenen Steppen sein. Doch deine Zeit ist jetzt hier. Wache über die, die dich lieben!«

Pippin hob seine Nase, brachte sie dicht an die von Malachi und gab ihm damit den achtungsvollsten Gruß, den eine Katze entbieten kann.

Svenja stand stumm daneben. Das Sweatshirt, das Malachi ihr zugeworfen hatte, drückte sie noch immer fest an sich. Als er sich zu ihr umwandte, fragte sie: »Darf ich das behalten?«

Der Engel lächelte sie voller Liebe an. »Meine irdische Habe bleibt hier. Wenn du es magst, behalte es.«

»Danke. Ich ... Ach, Malachi, mußt du wirklich gehen? Kannst du nicht hierbleiben?«

Er legte seine Arme um sie und schloß auch die Flügel um sie herum. In dieser schützenden Hülle legte sie ihren Kopf an seine Schulter und flüsterte: »Ich liebe dich doch, Malachi! Ich werde dich immer lieben.«

»Ich weiß, und ich danke dir dafür«, antwortete er leise und nur für sie verständlich: »Aber ich kann nicht auf der Erde bleiben, wie auch du weißt.« Er streichelte ihre Wangen und gab ihr einen leichten, zärtlichen Kuß. »Sei nicht traurig! Ich verspreche dir, in vier Jahren wirst du einen jungen Mann treffen, der dich sogar einen Engel vergessen läßt. Du wirst mit ihm ein wunderbares und erfülltes Leben führen, Svenja, und wenn du dir treu bleibst, wirst du Großes erreichen.«

»Danke, Malachi! Dann ... leb wohl.«

Auch dem Engel fiel es sichtlich schwer, Abschied zu nehmen. Noch einmal zog er sie an sich und flüsterte ihr ins Ohr: »Ich werde immer über dich wachen.«

Dann machte er sich los und schlüpfte hinaus in die leere Kirche. Er lief gradewegs zu den Treppen, die auf den Turm führten, und an dessen Spitze kletterte er hinaus in die klare, sternenglitzernde Nacht.

Manche Leute sagten von jenem Weihnachten, sie hätten einen seltsamen Schein am Himmel gesehen, und ganz Mutige behaupteten sogar, ein leibhaftiger Engel des Herrn sei ihnen dort erschienen.

Merita, Pippin und Svenja wußten es.

Nachbemerkung der Autorin

Liebe Leser, Sie mögen es glauben oder nicht, Pippin und Malachi erzählen Svenja eine ganz wahre Geschichte. Nämlich die von der grenzenlosen Freundschaft der Katzen, die zu jenen zurückkehren, die sie lieben. Und das hat seinen Grund:

Kurz vor Weihnachten 2003 verlor ich mein geliebtes Hexchen, eine wunderbare, schildpattfarbene Katze mit einem cremefarbenen Hinterpfötchen.

Im Sommer 2004 maunzte eines Abends ein etwa zwei Monate altes Kätzchen vor unserer Haustür. Als ich sie öffnete, flitzte sie sofort hinein, brummte kurz und freundschaftlich unsere andere Katze Mira an, schlug sich das Bäuchlein voll und rollte sich dann auf Hexchens Lieblingsplatz zusammen.

MouMou ist schildpattfarben und hat ein cremefarbenes Hinterpfötchen.

Fragen Sie sich da noch, warum ich an Wunder glaube?

ISBN 3-352-00725-X

2. Auflage 2005

Einbandgestaltung und Illustration PEIX, Andreas Petzold
Druck und Binden Ebner & Spiegel, Ulm
Printed in Germany

www.ruetten-und-loening.de